杨葵自选集 卷二

静寄东轩

杨葵 著

作家出版社

自　序

一组数字：第一次在报刊发表文章是 1987 年，迄今 35 年。总计写过约 200 万字文章，出版过 9 种文集（含增订本）。从中精选 40 万字，编成这套 3 卷本自选集。其中约 8 万字是近两年写的，未曾结集。

书和读者见面，应该已是 2022 年。1992 年我在作家出版社做编辑，编的书里有《贾平凹自选集》，这套书后来引发中青年作家出文集的热潮。整整三十年后，文集热早已平息，我个人自选集在作家出版社出版。

读过的古诗词中，如果说有最爱，是陶渊明的《停云》四章："霭霭停云，濛濛时雨……静寄东轩，春醪独抚……愿言怀人，舟车靡从……东园之树，枝条载荣……"自选集三卷书名就从这里选的词。

"枝条载荣",枝繁叶茂之意。这一卷的文章都是讲过日子的点点滴滴。柴米油盐的日常生活正是枝繁叶茂的样子。

"静寄东轩",在东边小屋独处之意。这一卷的文章都与文艺、阅读、写作有关。轩是有窗的小屋,正是我此刻书房的模样。

"愿言怀人",思念亲友之意。这一卷的文章都是在写人,陌生的熟悉人,熟悉的陌生人,大多是亲友,也暗合了这层意思。

这是第二卷,收录的文章有这么几个主题:一是分享好书,以及我读书过程中对世相人心的一些思考;二是讨论阅读和写作这两件事本身;三是关于书法绘画的一些笔记。

之前出版过的书中,《西棒槌》和《坐久落花多》里这类内容比较集中,所以把这两本书的自序作为本卷附录。

本来这卷还收录了一篇一万多字的论文,"卞之琳初期诗歌的'拧劲儿'和'淘气'",就是开头说的那篇发表在《中国现代文学研究丛刊》的"第一次",想留个纪念,终因与全书体例稍嫌冲突，舍弃了。想想当年动过做学问写论文的念头，如今年过半百收拾写过的文章，就拣得这些不三不四的小随笔，没什么好也没什么不好。

辛丑孟冬，阳羡溪山

目　录

沈从文和他的后半生

年轻的沈从文，觉得文学是个能独立存在的东西，立志要用半个世纪的努力做好这件事，"和世界上最优秀作品可以比肩"。具体点说，他以契诃夫为标杆，想着若干年后，可以凭自己几十本小说集，像契诃夫那样。然而世事无常，1949 年后他放弃了已经成就不凡的文学创作。从此直至八十年代因为时势变化，以及海外夏志清、司马长风等人沈从文研究的内输，沈从文小说得以一浪高过一浪地再版重版，这当中的三四十年，沈从文都经历了些什么？近年不少文章、专著都探索了这一问题，个人觉得张新颖教授的《沈从文的后半生》给出了最翔实、最精彩的答案。

很多人知道，沈从文 1949 年以后改行做文物研究，用他自己的话概括，"花花朵朵坛坛罐罐"。他们就从这一点出发，稍作进一步调查便开始大发感慨，抒情议论，天才的毁灭、政治的牺牲云云。话都不错，但是说和没说区别不大，最多间接证明沈从文封笔时，文学成绩已相当了得——因而才会感慨。我的意思是，无论从文学角度、历史角度，还是从心理角度、人性角度来考察沈从文的后半生，都不能从一些结论蹦到另一些结论。结论不重要，重要的是到底这三四十年，沈从文经历了什么，日常生活上、心理建设上。

我说《沈从文的后半生》一书最精彩，一大原因就是它尽量不给结论，只管从细节到细节，依靠海量的沈从文作品、书信以及一切相关档案的细读与爬梳，基本做到了把沈从文请出来亲自给我们讲故事，而不是在帮沈从文下结论。对此张新颖是自觉的，他说："我尽可能直接引述他自己的文字，而不是改用我的话重新编排叙述。"这样的治学态度、传记书写的态度，以及研究成果，以我个人目力所及，当下罕有。日常充斥耳目的作家研究，都是粗读一遍作家作品，便一头扎入各类评论专著的大海，忙着从结论到结论去了，作家作品本身只沦为不时查阅的工具书。

不过趣味这东西，真的是千差万别，肯定也有人对这种叙述者尽量隐身的写法不以为然。我欣赏的一位青年学人读完《沈从文的后半生》，就和我上述意见正相反，他觉得描述居多，分析不足。他说这本书给出了 what，但想知道 why，则付阙。对此我的看法是，what 是有标准答案的，而 why 没有，它应该靠每个读者从这些 what 中去感受。习惯听别人给出 why 不是什么好习惯。但我明白，这也只是我个人的趣味而已。

我读《沈从文的后半生》，解决了一些原来的疑惑，比如那样一场社会转变带来的个人厄运中，不少貌似坚强的人都选择了自杀，而沈从文这样一个貌似娇弱的文人，靠了怎样的信念"苟活于世"？

1952 年元月，在四川农村参加土改的沈从文刚过完五十岁生日，参加了一场批斗地主恶霸的五千人大会，回来给两个儿子的信中说："人人都若有一种不可理解的力量在支配，进行时代所排定的程序……工作完毕，各自散去时，也大都沉默无声，依然在山道上成一道长长的行列，逐渐消失到丘陵竹树间。情形离奇得很，也庄严得很。任何书中都不曾这么描写过。正因为自然背景太安静，每每听得锣鼓声，大都如被土地的平静所吸收，特别是在山道上敲锣打鼓，奇怪得很，总不会如城市中热闹，反而给人一种异常沉静感。"

人生半百的这段话，也许是沈从文后半生活下去的根基。轰轰烈烈的历史大事，被土地的平静所吸收。以沈从文对土地的一贯深厚情意，不难明白这样的感触对他的震撼，他要从此化身土地。土地的意象，一面指代着被千万人踩在脚下，另一面又指代着坚实、沉静、春种秋收、亘古万年。

有此感触后不到一个月，是旧历新年，沈从文孤身一人，用纸笔通过回忆串联起个人生命的历史，并将由此得来的感慨，汇入整个人类历史进程中去考量："万千人在历史中而动，或一时功名赫赫，或身边财富万千，存在的即俨然千载永保……但是，一通过时间，什么也不留下，过去了。另外又或有那么二三人，也随同历史而动，永远是在不可堪忍的艰困寂寞、痛苦挫败生活中，把生命支持下来，不巧而巧，即因此教育，使生命对一切存在，反而特具热情。虽和事事俨然隔着，只能在这种情形下，将一切身边存在保留在印象中，毫无章次条理，但是一经过种种综合排比，随即反映到文字上，因之有《国风》和《小雅》，有《史记》和《国语》，有建安七子，有李杜，有陶谢……时代过去了，一切英雄豪杰、王侯将相、美人名士，都成尘成土，失去存在意义。另外一些生死两寂寞的人，从文字保留下来的东东西西，却成了唯一联结历史沟通人我的工具。"

对于这番抒发，张新颖说沈从文"感慨之上，更有宏阔的进境：个人生命的存在，放到更为久远的人类历史的进程中，会是怎样庄严的景象"？是的，必须自比司马迁、李杜陶谢，升华到"庄严"的层面，才有可能苟活于世。这是几千年中国文人的原动力。但要严正补充说明的是，这样的升华如同禅宗训练学人，光靠闻和思，靠鹦鹉学舌完全没用，必须身体力行、现量体会，方可契入。可悲么？但是必须。

内心激越，奔向"庄严"的 1952 年过完，1953 年，沈从文相继在《光明日报》《新建设》等杂志发表文物研究论文，作为文物研究者的他正式"亮相"。依我看，"后半生"的大幕至此才真正拉开。

体会沈从文的后半生，还有一点强烈的个人体会，虽然不恰当，但想不出更好的类比，暂且借用佛家所言"戒、定、慧"三学来表达吧。沈从文戒了文学写作，又因自身的根基好，很快升华到与"庄严"接轨。又借助巴赫、莫扎特音乐内在的崇高加固自己的定力（书中有专门章节叙述他与音乐的关系，其中不乏理解他后半生的密码，此处不赘述）。接下来要做的事，就是漫长的修行之路，以抵达智慧彼岸。对于这条修行路，也真没什么可说的，只看能否安心前行、坚定前行，无论在哪儿，什么情境，什么遭遇，能不能不怨不悔，坚持不懈。

沈从文说的是："我一生最怕是闲。一闲，就把生存的意义全失去了。"所以他在不能创作小说之后，继续沿文物研究的道路前行。后来连文物研究也不让做，人生被逼到透不过气，他又选择了五言诗。他要用五言的形式，往缩短文、白，新、旧差距的方向努力……这样的人生选择，这样的坚定前行，已无限接近教徒的苦行，令人尊敬。从这一意义上说，沈从文的后半生，做了什么其实不重要，重要的是，他是怎么做的。

布衣孙犁

我读孙犁三十年了，至今不时翻出《芸斋小说》《书衣文录》等书重读，越读越觉入心入肺，赞叹不已。作家贾平凹曾经预言，将来要写这时代的文学史，别的作家可能只配得上"×××和他的《×××》"这样的标题，而写到孙犁，一定是"孙犁和他的艺术"，因为他已自成体系。我对此说深以为然。

有意思的是，孙犁作品似乎从未"红"过。几十本著作以及种种选本，多是几千册销量。去豆瓣这类文艺人士集中的网站搜搜，"读过""想读"者寥寥。与此同时，众多文坛大家比如莫言、铁凝等，提起孙犁毕恭毕敬，尊为导师，孙犁的著作每隔几年也总会更换出版社，改头换面推出新版。

要说这情形，恰好对应了老人一贯处世为人的风格：与世无争，隐居闹市，独自过着琐碎、简朴，又无比精心的日子，借文字遣怀。但是无论为人作文，都透出深入骨髓的扎实深厚，坚如磐石地矗立于世，想绕也绕不开。

三联书店最近出版孙犁女儿孙晓玲的《布衣：我的父亲孙犁》，是她十年来写的一些与父亲有关文字的结集。不仅记述了女儿眼中的父亲生活中一些细节，也转述了不少他人与孙犁的交往。对喜欢孙犁的读者而言，这是本珍贵的史料，让我们换个角度来读孙犁这部厚重的大书。

作家铁凝说她和孙犁总共见过四次，每次去，老人不是在拣黄豆，就是在糊窗缝，总戴着袖套，舍不得用好的纸张。如今对照老人女儿的记述，这样的孙犁，就是最日常、最真实的孙犁。他独居陋室，能一连七八年不出院门，从不参加各种活动或宴会，长年只吃小米或二米粥，多年睡着一张砖砌的床，床板还是开裂的，家中用度全凭子女安排，从不上街与商贩打交道。从书中的一些照片看，老人永远穿着朴素到简陋的衣服，不苟言笑，看着像个孤独症老人。

他是孤独的，但这份孤独是主动选择的。他对老伴和孩子说："搞写作这行，生活太好了不行，文章憎命达。"他在家里贴了字条，拒绝采访，拒绝摄影摄像，拒绝谈小说改编。他甚至给一些报社、杂志社分别写信，恳请别再赠送书报，"以免浪费"。难怪不少人说孙犁孤傲，这些行为确实貌似傲气，但是看看女儿眼中的他就会明白，他只是实在而已，只是怕浪费时间、浪费人力物力。

所以说，他只是孤独，绝无傲气。倒是有傲骨，几千年来文化人内心里灯灯相传的傲骨。他与人相识相交最喜欢送书，送儿孙，送亲戚，送朋友，无不对症下药，是精心思索过的。世人尊他为"荷花淀派"开山者，他坚辞不受。有成名作家甘居他门下，也一概不认，只说人家本来写得就好。说到自己，始终说写作是雕虫小技，养家糊口而已……这一切，正如他四十九岁时写的那首《自嘲》诗里所言："小技雕虫似笛鸣，惭愧大锣大鼓声。影响沉没噪音里，滴澈人生缝罅中。"

事到如今，当年多少"大锣大鼓声"早已灰飞烟灭，而孙犁这些"雕虫小技"却为越来越多的人赞叹。

孙犁曾给一个年轻作家写过一幅字，抄录了司空图《诗品》里的四句话："素处以默，妙机其微，饮之太和，独鹤与飞。"大意是说冲淡之人常常默默无言，独自静处，但其心灵机敏，感受微妙，像独鹤一样，吮吸着阴阳中和之气，遨游于云天之外的仙境。在女儿的眼里，父亲就是这样一只独鹤。

我觉得也是。

顾随与木心

今冬极寒，在家读书的时候比往年多一点。还是闲读书、读闲书。新旧年相交那段时间读得最为炽烈，先是叶嘉莹整理的顾随《中国古典诗词感发》，后是陈丹青整理的木心《1989—1994 文学回忆录》。正读着，又买到香港东大图书公司版的《陈寅恪晚年诗文释证》。三本读下来，俨然读成个小系列。

陈寅恪诗，尤其晚年诗，本就悲苦，经释证后愈发悲苦，不说它了。前两种书有意思——有相同：都是有学问的人讲文学，都是身后依学生笔记而成书，两个学生也都是当今大才。又有不同：顾随燕赵之士，木心江南才子；顾随是四十年代在辅仁给学生们讲唐宋诗词，正规学堂上大课；木心是 1989—1994 年在纽约，给十几个自发组织起来的年轻艺术家串讲世界文学史，私塾私授的意思。

早年听茶客讲茶，玄乎其玄，武夷山巴掌大地方，岩茶细分数百种，轻抿一口即来龙去脉讲个底儿掉。叹为观止的同时，其实多少有点疑惑，以为忽悠的成分不是没有。待到自己好上这口儿钻研几年，发现原来理所当然。其中关窍在于多喝，卖油翁的故事"惟手熟尔"换成"惟口熟尔"就是了。只是多喝又讲个喝的方法，关键在于比着喝。都说是大红袍，品种等级分好多层，初喝人没经验少阅历，难分好坏，不同等级一字排开，逐一冲泡比较喝之，我敢说但凡有正常味觉嗅觉的，都不难喝出差异。

读书也类似。顾随与木心讲课旨趣不同，涉及面也有大小之别，却还是可以比较着读。比较的目的不是分优劣，只因有比较，理解起来有互相促进之妙。

木心场子拉得大，显示在题目大，全世界的文学史。讲出来的格局并不大，历史、人文，大抵如此，讲的是"物"。顾随只讲诗词，摊子铺得客气，格局却大，问一异，探来去，辨垢净，讲的是"心"。木心也讲"心"的，而且好像随时讲，不过是在世事变幻、人心沉浮的层面讲，还是向外在讲身外之"物"。这么说吧，木心是把"心"当名词讲，顾随把"心"当动词讲。

想象中，因为积累够厚，顾随备课也许只写几字提纲；而木心备课要多花些时间与精力。明说了，这是想象，妄想而已，说说而已。不过比着读的感受，顾随确有厚积薄发之感，每一段落看似随手拈来，都结结实实一坨；木心灵巧见长，跳来跳去，喜欢用比喻，喜欢排比句。比如这样的话："唐是盛装，宋是便衣，元是裤衩背心。拿食物来比，唐诗是鸡鸭蹄髈，宋词是热炒冷盆，元曲是路边小摊的豆腐脑、脆麻花"……怎么说呢，这么聊，有点讨巧，像格言警句体，着力点在于让人易记，实际内容却空洞。这样的形容常常放之四海而皆准的，是典型的避重就轻、避实就虚，语言效率不高。

话说回来，阅读感受都很私人化，我之蜜糖，你之砒霜，各抒己见罢了。还是那个话，比较是为促进对各自的理解。木心一书与顾随比着读是这样，换作与眼下那么多谈文学的人相比，又不知要精多少倍。

写到这里，我又生出些一代不如一代的感慨。八十年代末，叶嘉莹曾回母校，也给学生们开设诗词欣赏讲座，我当时正在那学校念书，也坐在堂下洋洋洒洒记了不少；现如今那些笔记早不知下落，而让我来讲讲诗词？想都不敢想。

三说阿城

两版文集

去年春天一个傍晚，在西城一座精致的四合院，见到久违十年的阿城。是新版七卷本《阿城文集》的发布会，高朋满座。来者对阿城无不抱拜见态度，无论打招呼，还是后来正式发言，眉宇间谨慎严肃，字斟句酌。而这些学者作家文化人之前常在类似场合可见，无不轻松倜傥，嬉笑怒骂，当今精英。

如此这般，是敬重已近古稀之年的阿城。这份敬重，当然主要因为他的作品，也有别样原因。多年来阿城基本不露面，有点神秘。像他 2014 年出版的《洛书河图》一样，不光神秘，还是高古的神秘。这是令人不禁要多想一分的。从前人和人保持一定距离，没现在这么密，也没这么腻，现在相互透明，一举一止曝晒网络。作家出版新书，还没上市先到印刷厂签上千本的名，读者网上输几个字，签名本就送到手边。上市了还有一场接一场的发布会、读书会、分享会，作家不光自己到场，还呼朋唤侣。阿城不，新文集从出版到现在近两年了，除了这场发布会，所有活动未到场，也没签书，好多记者要采访均未获允。他还是个从前的人。

长长、长长的一条桌子，两边四五十人，我在阿城斜对面坐着，余光目睹会场种种，焦点却一直在阿城，有点心不在焉，有点置身事外，想了很多杂七杂八。

阿城是共和国同龄人，大我十九岁。九十年代中期我们常见面，那时他和现在的我一般年纪。也是一个春天的傍晚，我在王安忆家第一次见到阿城。如今回头再看，这次见面于我，是人生重要一刻，并且促成了1998年五卷本阿城文集的出版。

这算是第一版阿城文集的缘起吧，我有当时的文字记录——

　　和阿城在王安忆家聊天，聊到出书的话题，我问阿城，能不能把你的《威尼斯日记》和《闲话闲说》交给我出版？阿城当时思绪好像不在这儿，吧嗒一口烟斗，喷出一口浓烟，眯缝一下眼睛，沉着嗓音顺着自己的思路说，在美国，年轻作家写了东西，自己印十几本，放在小书店零卖。卖得好，出版商闻着味儿就来谈判了。说到这儿他停住了，因为烟斗又灭了。重新点燃烟斗，接着说，反正现在出书这档子事儿变得再简单不过，他们自己做的那些书，漂亮着呢。

言者无心，听者有意，我问他，有多漂亮？

阿城顺手抄过身旁一本书，侧着拿，书脊朝上，一只眼眯着，另一只眼看书脊，笑着说，至少书脊笔直吧。

王安忆好奇地从他手中接过那本书看看，笑着说，这书脊实在也太歪了点，杨葵不至于做成这个样子。我趁热打铁对阿城说，把这两本书交给我出，书脊会像利刃削过一样。

这回阿城听得真切，看看王安忆又看看我，说，行吧。

接下来的出版过程挺漫长。那时候出本书还是个大事，整个出版业都是慢工出细活儿的节奏。阿城呢，按王安忆说法，"好不容易挣点钱，非要捐给铁路航空公司"，满世界跑，美国，欧洲，台湾岛。当时既无手机，更没微信，互联网才刚萌芽，电子邮箱都没普及，联络不通畅，互相传递稿件很费劲。前几天收拾书柜，还翻出当年阿城交的书稿，是两张 3.5 英寸磁盘，现在年轻人大概都不知为何物了。那是阿城托了我们俩共同的朋友顾晓阳，从美国人肉快递回北京的。

与两张磁盘同时被翻出来的一包老物件中，还有他留的一张方寸大小便签，上边写着："建议删除部分，用□□□替换。"这条建议后来未被采纳，倒是新版七卷本文集中，有一些□□□。可见尽管时隔将近二十年，阿城对删稿一事仍很重视。

关于相隔十八年的两版阿城文集，还有一点值得说的是装帧设计。九八版是曹全弘设计的，他是中央工艺美院（现清华美院）书籍装帧专业八十年代毕业生。老曹为人低调，平时自己偷偷画画，但从不示人，为了这套文集，他专门创作了一些，主要用在《遍地风流》《棋王》《常识与通识》三本中。九八版文集的装帧设计，到目前为止，还从未听过有人诟病。

新版文集的封面，是一千遍工作室的作品，设计师朱砂是画家朱新建的公子，1988 年出生的年轻人。出版方汉唐阳光委托我找设计师，我第一个就想到他。当我介绍了朱砂的情况后，他们担忧地说：这么重的一套文集，这么深厚的一个作家，找这么年轻的设计师，会不会……

尽管我对朱砂从不怀疑，但看到设计定稿，还是吃了一惊。极为简洁的形式，主要的设计做在细节处，即书名、作者名这些不多的汉字上，以金农书法为模板，将标准字体重新解体重新结构，再用极其简略的图画辅助表达。图画一概寥寥几笔，比如《常识与通识》是一副眼镜，黑白的；《文化不是味精》初稿是一个碗，碗里撒了些小黑点，我觉得太具象太图解，后来朱砂改成一只金缮的碗；《威尼斯日记》，一条威尼斯的标志贡朵拉；《遍地风流》多写知识青年下乡插队的事，所以是山水之间……

阿城曾说他写《孩子王》，旨在写一种"不合作"，新版文集的装帧设计，画都斜楞在封面一角，还不是正常的角，是几乎出格的角，字都一副耿介的样子，劲劲儿的，依我看，深得"不合作"三字精髓。

阿城其人

九八版文集出版后，阿城迷们一片欢呼，报刊上关于阿城的文章渐多起来。好多读者不满足于只吃鸡蛋，老想了解下蛋的那只鸡，找我打听阿城其人。我写了篇很抒情的文章"闲话阿城"——

阿城去美国，闲了多年，再回北京，交给那么多"阿城迷"的第一本作业是《闲话闲说》。"是许多次讲谈的集成，场合多样，有的是付费演讲，有的是朋友间的闲聊。讲谈的对象很杂，他们或是专业知识分子，或是凡人朋友等等。"

这是真正的阿城风格。阿城能说，也会说，真要敞开来说，不知多少人要被他说倒。爱不爱说呢？不确定。也有被逼无奈说的时候吧，也多是既来之，则说之那种，说出来自有一番风趣。关键还在说的人有趣。

冬天见阿城，在北京一家没星儿的小宾馆。乍一进楼道，一股浓烈的弗吉尼亚烟草味儿飘过来。不是烟卷儿，是烟斗。那股子味儿在冬天，暖暖的，有小资情调中壁炉的感觉。顺着味儿就进了阿城房间，阿城正坐着抽烟斗，嘶嘶的。

我说："外边真冷。"实际是想说屋里真暖和，而且这暖和大半来自那股子烟味儿，烟生暖的道理古人早说过。阿城说："你刚洗了澡吧？"我没明白，问他什么意思。他说："洗干净了，身子骨就单薄，清冷清冷的。"

聊了会儿，去吃饭。楼下是间川菜馆儿，落座半天，阿城翻来覆去看菜单。旁边服务员等得不耐烦，眼神开始游移。阿城终于开口了："鱼香肉丝吧。"服务员还在等他下一句，他却合上菜单。服务员走后阿城说："这家悬，挑个最简单的菜，做做试试，不好换一家儿。"

阿城祖籍四川，对川菜挺挑的。

春天见阿城，在上海。夜里，几个人在朋友家"讲谈"完出来，站在路边等出租车。我们还在继续讲，阿城一人闷头凑在路灯下，看手中一块"巨石"。石头实际只有十几厘米见方，形状不规则。说它"巨"，是因为阿城竟将这么个东西揣在薄薄春装兜儿里，还带来带去，没事儿就掏出看看。

我知道他好收点儿古物，问他是什么宝贝。他说："什么也不是，偶然看见的，老觉得石头一面的纹路像个什么，可又想不起，所以没事儿就看看，再想想。"

临分手，他说终于想起像什么了。像地狱之门。我纳闷："你见过啊?!"不过他说那话时狡黠地笑着，明显玩笑口吻，我也不好较真儿。我猜实际情况是，他到底也没想起什么，敷衍了事罢了。

第二天，我们几人按计划要去无锡，约好在虹桥宾馆大厅碰头。邀阿城同去，他拒绝了。可是第二天，他准时出现在碰头地点。怎么回事呢? 他用半分钟讲了理由: 大早起冲了澡，坐在餐桌前读报。突然公寓管理员上门通知，即将停水停电，全天。那怎么待啊，不如去无锡吧。说完理由，他又花半分钟补充了一个段子: 公寓管理员刚走，他下意识地又去洗澡。洗到半截反应过来，不是刚洗过嘛!

夏天见阿城，还是在北京一家旅店，不过是个有星儿的。聊天过程中，阿城手中始终在把玩一件玉器，指甲盖大小，是个小鬼脸儿。我讨过来看，自作聪明地说，这股简单劲儿只有汉或者汉以前才有吧。阿城大概觉得我说得靠点谱儿，高兴起来。我得寸进尺，要求看他新收的东西。

他拖出行李箱打开，拿出个塑料袋，就普通的食品袋，往床上尽数一倒。先出来的是牙刷，再次是牙膏，其次是大大小小，形状各异的玉器。个个都被他盘得又油又润。阿城分别点评一番，我听下来，一个疑问脱口而出："这么好的东西怎么跟牙膏牙刷掺和在一起？"阿城说："好东西是真有啊，可是真买不起啊！"这么说来，他那些东西算不得精品啊，可刚刚他还说得神乎其神呢。

都说玉通神性，神也不会烦人家吹捧它两句吧，所以阿城敢那么说。这是我猜的。

秋天，秋天，没在秋天见过阿城。

春夏秋冬，岁岁年年，阿城从北京到上海，从洛杉矶到威尼斯，天南海北地闲走，闲看，闲谈着。书却出得很吝啬，那么多年过去，三五本小册子而已。不过小册子掀起了大动静，前几日读报，有大标题：阿城闲话风吹皱书市。

没在秋天见过阿城，期望阿城秋天再回北京，我能再次沐浴阿城的闲话风，聆听阿城种种有趣的"讲谈"。

这篇旧文写了阿城云淡风轻的一面，其实综论阿城其人，我曾用他自己说过的一句话：六面玲珑两面刺。这一点我也曾有旧文写过——

年轻的阿城在山西"接受再教育"，贫下中农的教育受得怎样不得而知，倒是同样来自城里的一位学生教育他："像你这种出身不硬的，做人不可八面玲珑，要六面玲珑，还有两面是刺。"阿城在文章里交代过，这个意思他一直受用。

同样的意思，用来评论阿城的写作，也挺恰当。

阿城早年以小说闻名于世，重读《棋王》会发现，其实小说写得起承转合非常清晰，人物结构一概中规中矩，全无当时小说家们一味求现代、求荒诞之风。但是规矩中隐约渗出一股仙风道骨、清闲之意，而且这股意思处理得若隐若现，人物多是有些残缺的，说起话来，要么精致到不能再简，要么话只说半截儿，是一种以无代有，以无形代有形。如此一来，貌似深刻，仿佛要与某种哲学境界接轨。其实如何呢？其实是六面玲珑两面刺，规矩的成分是玲珑，貌似的成分是刺。汪曾祺当初就被刺中，说阿城道家之气太重。

"刺"是什么？并非一定要刺谁，没有明确对象。也正因此，才很复杂。大致是一种剑出偏锋，是一种任意为之，不顾"传统礼法"，说到哪儿算哪儿，是一种游戏。游戏也是不得已而为之的游戏，正话不敢直着说，以相反的口气说出来，还说得振振有辞。反着说话很危险，底子薄，心里虚，说出来就一塌糊涂。但是阿城底子厚，心里实，不怕。

这种任意为之、正话反说的游戏天性，到《闲话闲说》《威尼斯日记》《常识与通识》，发挥得更为淋漓尽致。

《闲话闲说》用了文学史的笔法，《威尼斯日记》用了中国传统文人珍爱的日记体，《常识与通识》则是群众喜闻乐见的科普文章，这都是阿城的玲珑。

可是，恰如平静的河面下涌动着无数暗流，规矩中，阿城的小刺儿频频出击。比如正说着洛杉矶暴乱的乱，笔锋一转，"大乱里总是有小静"，这静一下说到了几十年前的中国长春，"文革"武斗中，朋友脑含着子弹又说了一两句话才死掉。无尽悲凉，还嫌不够，又加了一句："那时我们的胡子还没长硬。"无限风光的《威尼斯日记》就这样开头了。

这是最小的一种刺，小到甚至不算刺。

《闲话闲说》中谈世俗小说，谈到自己，阿城说："我之敢发表小说，实在因为当时环境的孤陋，没见过虎的中年之牛亦是不怕虎的，倒还不是什么'找到自己'。"

这是另一类刺，明着是随和，话赶话儿地检讨自己，暗下里，不知令多少妄评者汗颜了。

有时候，细枝末节容易发现，笼而统之反而不觉得了。比如阿城的任意妄为，也就是我说的刺，小处俯拾皆是，读者只要走了脑子，自能明察秋毫。可是相比起来，阿城小处的妄为还算谨慎，到了大处，就有天高任鸟飞，海阔凭鱼跃之态，倒不太容易发现了。

不妨想想，《威尼斯日记》中真正写威尼斯的文字有多少呢？光是介绍中草药，零散处不算，全盘照抄的也有六整页。还有《教坊记》，还有 NBA。阿城是个音乐迷，到了威尼斯，又恰巧住在火鸟歌剧院旁边，可能音乐之性大发，弄出了三个声部，切切磋磋，真是耍开了。

阿城的迷人，恰恰在一个"要"字，也就是刺，玲珑只是面子。

也有人不以为然，比如就有人妄猜《常识与通识》，说写到后来两篇，可能编辑催稿催急了，大段大段抄起了书。殊不知这正是阿城，这才叫真正的随意，真正的散淡，真正的自信吧，这才叫真正的以无代有、仙风道骨吧。既然都这样评价人家，人家真这么干了，又妄加责备。

不过阿城在《常识与通识》的序里还是说："现在来看这十二篇文字，实在同情读者。常识讲得如此枝蔓杂乱，真是有何资格麻烦读者？"这，就又是阿城的玲珑了。

文学的阿城和文化的阿城

世人眼里，阿城是个小说家，可据我观察了解，阿城自己对写小说兴趣并不大。他自己也坦承，当知青的时候精神空虚，也没有报刊发表这样的事，完全没想过要当小说家，就是大家知道你能写，都等你写，写完传看过个瘾，当成一种精神生活。

但他终究是因小说名满天下，而一个"文化的阿城"被人忽略了。

1985年7月6日，阿城在《文艺报》发表"文化制约着人类"一文，三四千字。至今我还记得那个版面的样子，因为当时读了太震撼，周围的老老少少们也都对这篇文章评价奇高。阿城那时候已经在思考，文化是怎么影响我们生活的。现在回过头考察，中国八十年代的"文化热"，阿城即便不是始作俑者，至少也是一个重要的发轫点。

从文化的角度，而非文学的角度，去理解阿城不写小说之后的著作，包括《闲话闲说》《常识与通识》等，尤其是《洛书河图》，可能更容易看明白他在做什么。他所有的关注，都是在一个大文化的点上，他从一开始就眼界开阔，从更高的角度在看。我个人以为，阿城最重要的价值并不在文学，而在文化。

文化的阿城，呈现明显"杂"的特点。这个杂，也是不得已，当年接收的时候，就是杂着来的。阿城上学的年纪，社会环境那个样子，他的知识结构只能是杂的。阿城自己也说过，他的启蒙是在旧书店完成的。该在学校读书的时候，他在琉璃厂闲逛。那年代琉璃厂还有很多旧社会过来的老伙计，老店的传统还在，哪怕是小孩子来，也要端茶倒水，请上座。这些老伙计打小儿学徒的时候，就在骨头上刻下了规矩：现在对小孩好，将来孩子出息了，就是店里的常客。在这样的小环境里，免不了受到各种传统文化的熏陶，但又不可能像上学一样成体系，都是即兴的，有很强的随意性。

杂着接收，接收得多了，又天资聪明，终有一天触类旁通，再杂着出来。从学术角度说，阿城的文化研究也许不够严谨，但它们的价值不在严谨性，而在大方向和大趣味，这也形成了阿城的风格。学识、修养、文字表达，你很难找到如此完备的一个人来谈论这些内容。他不会把研究的内容写成学术专著，他要用闲话闲说的方式、漫谈的口气，重点不在得出结论，而是要打通一些东西。真正的批评，一两句要害话，说完就完了。

这是一种杂糅的中国古典精英文人的趣味，知识、眼界、趣味、对人事的体会能力、动手能力，再加上生活经验，统统杂糅一处，遇事能很快找到症结，最后成了博古通今的"通才"。随便举个例子，好比很多人都写过侯孝贤，但你实在不如读一篇阿城与侯孝贤的聊天记录，把侯孝贤说得透透的，还能明显感觉得到话语背后的视野。这视野是迷人的，让人渴望融入其中。

中国古典精英文人的趣味，有个重要的词语叫作"游于艺"。阿城其人其书，能开阔人的眼界，让人知道文学、艺术这些东西跟人生的关系，然后游于其中，是可依赖的。如果能像阿城一样"游于艺",精英文人们相信,就能把人生过得好。

所谓"三说阿城",至此已说完,有引用早年三篇文章之意,也有从三个角度细说之意。回到去年那个春天傍晚的发布会,会后阿城在院子里抽烟,我拿着一套新版文集走到他面前说,签个名留念吧。

阿城接过书,一边签一边说:"好久不见了,还在编书吗?"

我答:"这不刚为您服务,编了这套文集嘛。"

他说:"挺好,比我强。"

听我不解地"啊"了一声,他又说:"在欧美,编辑是知识分子,是受人尊敬的,作家是没工作的,作家不算知识分子。"

我说:"我早从出版社辞职了,这次算是客座吧,也很多年没工作了,跟你一样。"

这回轮到阿城"啊"了,不过只张了"啊"的口型,没出声。

人脑没有那么复杂

鲁迅著作的最权威编辑版本，应数人民文学出版社的《鲁迅全集》，前不久，通行了几十年的这套书重新修订再版。与此同时，花城出版社出了一本"寒碜"到只薄薄两三百页的鲁迅著作选本。不合时宜？我觉得不仅合，简直要说是应运而生。

现代人能看到的书，不知比古人的多出多少倍，更可怕的是，这差额仍在以几何速度增长。眼下每年新出版图书几十万种，随便一家报刊都有个读书版，随便一家网站都设个读书频道，书多得用汗牛充栋来形容已嫌不足。可是知识并不等同于智慧，看再多书，物质生活再便利快捷，智慧不开，终究可怜可悲。书出得愈多，"知识分子"和"知道分子"的差别就愈彰显。拿我们来比古人，智慧到底多了多少？

扪心自问，鲁迅时代知识分子还在关心邪恶与正义、是与非的标准，现在还有多少人关心？如果还关心，标准又是什么？黑社会成了帅、酷的替代词，无聊肉麻八卦成了日常生活不可或缺的情趣，一些至为朴素的思索，比如关于良心、关于善恶、关于真理，逐渐化为烟尘。

这个知识爆炸的年代，意见太多，思想太复杂。曾经有人把卡夫卡的小说拿给爱因斯坦读，爱因斯坦奉还时说："我读不下去，人脑没有那么复杂。"就是，人脑这么金贵的东西，是用来求智慧的，宁愿空着也别堆垃圾。"食之无味，弃之可惜"这个话其实不够智慧，无味就扔掉，没什么可惜。

弘一法师圆寂前一年，闭关福林寺，编了一本《晚晴集》，将平生所读经典里好的句子、对身心修养有用的经文摘录下来，总共一百零一条，每条不过几十字几百字，出处无不标注得明明白白。后人评价《晚晴集》说，会是全世界最好的书，没有一句是废话，对我们的修养、处世、待人、接物，句句都是金玉良言，字字都是精华。

对于绝大多数中国人而言，鲁迅大可不必完全通读。那么，有一个精通鲁迅的专家，将鲁迅著作中的精华摘出，是件功德无量的好事。本书编者林贤治，致力鲁迅研究及图书编辑工作多年，堪当此重任。编这样一本小薄册子，看似简单，但是看看目录：论启蒙、论青年、书报审查制度……其中耗费的心血，明白人会明白。

汪曾祺的动感

中华书局新出一本汪曾祺的文集，叫《八仙》。书名来自收在书里的同名文章。在这篇文章开头，汪曾祺说他的老师浦江清写过一篇"八仙考"，是国内讲八仙最完备的文章，而自己这篇"八仙"，材料都从老师那儿来，可以说是浦先生文章的一次缩写。之所以要缩写，一是自己向来也对八仙感兴趣，二是浦先生的文章见到的人不多。

《八仙》一书的打头文章是"释迦牟尼"，篇幅占了全书三分之一。这篇长文据我所知是命题作文。九十年代，江苏教育出版社列了一批古今中外大名人的名单，组织一批当时超一线的大作家，各自认领，写传记，后来出了皇皇几十卷极其精美的传记书。汪曾祺在被邀之列，他认领的便是释迦牟尼。

当年这套书出来的时候，一向喜欢汪曾祺的我就想看他怎么写佛陀，一晃二十多年过去，居然就没看，所以这次拿到《八仙》，几乎是迫不及待地把这七十多页一口气读完。很好看，既有佛陀一生的概貌，又有不少精心摘选的小故事嵌入其中，还有一些经文的汪氏独特风格的复述。比如这样的句子："人之贪欲，犹如风中烈火，投入薪柴愈多，愈加不能满足。人有五欲，譬如手中执火，火炬已经烧及手掌，为何不将火炬丢掉？"

好多文学爱好者都问过我，说想看看佛教书，先看哪一本。我经常推荐的书中有一本《觉悟之路》，就是讲佛陀的一生。过后了解，好像没几个人真读了，可能因为书比较厚，又是译著，好多人没耐心读吧。这回好了，有汪曾祺这么好的一位文学家，写了这么短的一篇传记，不妨先读这个吧。通过这篇特别好看的长文，了解释迦牟尼，了解佛教。

汪曾祺以写小说闻名的，但很多文化人更爱看他的散文。他的散文题材很广，流传也广，这本书里选的篇目，好像成心要选一些一般选本不太爱选的类别，一些文化含量更高的篇章，比如"中国文学的语言问题""词曲的方言与官话""学话常谈""谈谈风俗画""谈题画"，等等。

我一向喜欢汪曾祺的书画，自己平日也写大字，所以看完"释迦牟尼"，就挑了"写字"一篇读，读完了解到他的学书经历——五六年级祖父命临"圭峰碑""闲邪公家传"，后来从一位写魏碑的先生学"多宝塔""张猛龙"。初中后就很少临帖了。大学时反复读"张黑女"。除了"闲邪公家传"是一个盲点，其他和我猜测的差不多。

植物、吃喝，是汪曾祺的两大爱写题材，这本书里有"宋朝人的吃喝"一篇讲吃喝，还有"葵·薤""紫薇"两篇讲植物的。

说到植物又想到，汪曾祺去世后，儿女们用他生前稿费印了一本《汪曾祺书画集》。据汪曾祺研究者苏北先生统计，书画集收录作品一百二十二幅，除了十八幅书法作品外，绘画所涉花鸟鱼虫几十种：兰草，腊梅，秋菊，玉兰，丁香，杜鹃，桂花，绣球，杨梅，凌霄，海棠，芍药，紫藤，芙蓉，山丹丹，金银花，水仙，红叶，葫芦，葡萄，蓼花，芦穗，梨花，野果，枇杷，苦瓜，山药，西葫芦，冬苋菜，莲，藕，芋头，白萝卜，红萝卜，白菜，红辣椒，荸荠，竹，荷，鸟，松鼠，蜻蜓，猫头鹰，金鱼，小鸡，鳜鱼，鹅，蟹……

从中读出什么信息呢？有人读出文人情怀，有人读出士大夫情趣，有人读出闲情逸致，都是偏向静的一面。一般论起汪曾祺，也大多说他如何冲淡，如何沉静。在我看来，这些评语都只说了汪曾祺的一面，他这种对花鸟鱼虫的热爱，痴之迷之，迷之惘之，是激烈的，不管不顾的，有股"痴"劲儿。如果读不到这份"痴"、这份动感，大概不太容易读懂他为什么这么写八仙，这么写释迦牟尼。

城门几层开

有好几层的《城门开》。

它是本散文集，北岛一个阶段散文创作的结集。也可以看作一部长篇散文。题词页写着"给田田和兜兜"，是献给孩子们，而全书结尾是一篇"父亲"。"父亲"文首，北岛又引用了自己的诗句："你召唤我成为儿子／我追随你成为父亲"。这是一个圆，父、子、孙三代的一个圆。显然是有设计，整体感。

还可以看作一首长诗。北岛是诗人，散文也会当诗一样写。北岛这代诗人特别重视"意象"，《城门开》里不少意象的运用，都是诗化的。比如不止一次写到了"天际线"。天际线本意是天地相交的那条轮廓线，在现代，多指城市的轮廓。号称"全球十大天际线"中，有上海、香港、纽约、东京……没有北京，因为北京——尤其北岛的北京，摩天大厦太少了，所以天际线没那么炫。

才只是开头的序，北岛就迫不及待地畅想，要用文字重建北京："被拆除的四合院、胡同和寺庙恢复原貌，瓦顶排浪般涌向低低的天际线……"

这一意象至少在第110页处再次出现，"闲得无聊，我向窗外张望，天际线被竹竿晾晒的花花绿绿的衣物遮挡"。而后，只隔了两页，北岛引用俄国诗人巴尔蒙特的诗句："我来到这个世界，为了看看太阳和蓝色的地平线。"同一意象如此反复回旋，这是诗的写法。

《城门开》就是这样一本书，乍看一本极为普通的散文集，说客气点，低调、平稳，不徐不疾地絮絮叨叨；性急的年轻人没工夫客气，会直接嫌它啰唆。

是有点啰唆，不过问题不在作者，是作为读者的你，心还散在五湖四海没收回来。那句老话怎么说来着，一分耕耘一分收获，你读书用多少心，书便回报你多少，里边好多层呢，要你去细体会。你要没兴趣，它也不待见你，各走各路再见。

再推进一层说话，读者的心散在五湖四海也怪不得读者。

那天晚上我要去看最时髦的电影，影院门口小马路堵得水泄不通，地下停车场一个空位没有。好不容易七点多冲进影院，只能买到两小时后的票。就这么红火，不买拉倒。还是买了，好在旁边有家图书大卖场，可供消遣等待时间。

上千平方米的大卖场，只几十个闲逛者，我在书架之间逡巡，金融、股票、法律、政治、英语、MBA、成功学……犄角旮旯处，终于看到文学，青春文学。想找《城门开》，没有。问服务生，他问作者何人，还不错，报上北岛大名，店员知道，"二楼"。二楼更是门可罗雀，又一番找，仍未找到。再问店员，店员把我带到了二楼最犄角处。

电影开演了，惊觉左右前后全是面熟之人，原来之前书店闲逛的四五十人，都是等电影的。如果不是等电影，书店不知道能不能凑够十个人。

就我们这样的读者，就这样一个阅读的社会大环境，有时想想，北岛费那么大劲，写那么多层，有没有必要？类似"'大跃进'宣传画出现在毗邻的航空胡同砖墙上，那色调让夏天更热"这样好几层意思的句子，多少人会用心去体会？

那天看的电影，不出意料定是今年票房冠军。就在同一天，一位青春文学代表人物宣布，某项全国图书销售排行榜上，他一人独占了前七名。你看，这才是我们时代文艺的宠儿。

好在我猜北岛不在乎这些。城门开，赵振开，都有个"开"字，用文字给孩子们重建完北京，又用文字送别了父亲，因长期流浪而紧锁的眉头，会打开一些吗？这对他更重要。

连阔如的江湖

连阔如是评书艺术大家，曾有句话在评书爱好者中流传：千家万户听评书，净街净巷连阔如。

连阔如写过本书叫《江湖丛谈》，是本老书，1936 年出版。1995 年，当代中国出版社征得连先生的女儿连丽如同意再版。整整十年后又出了增订版，多了李滨声先生的近六十幅插图。转眼五六年又过去了，中华书局再出增订版，在 2005 年最后一版基础上，又增添了一些章节，还加了不少历史资料照片。

写作这种事，真是无心插柳柳成荫，好多专业作家的写作，那叫一个枯燥，好多不靠笔吃饭的，没上过几年学，却写得一手漂亮文章。比如梅兰芳的舞台自述、盖叫天的自传《粉墨春秋》，还有这本连阔如的《江湖丛谈》。再往近里说，还有人艺的老先生于是之的一些叙旧谈古。

《江湖丛谈》应该纳入纪实文学一类，里边的文章，都是连先生上世纪三十年代以"云游客"为笔名，在北平《时言报》发表的连载专栏，叙述态度颇具即时"报告"性："以我的江湖知识说呀，所知道的不过百分之一，不知道的还多着哪。等我慢慢地探讨，得一事，向阅者报告一事。"

很多人读此书，都赞作者文笔老到，韵味深藏。其实我看没那么老派，骨子里颇有一份血气方刚。身为江湖中人，叛逆江湖规矩，把全部"春点"悉数抖出，太前卫了。"春点"是混江湖的切口，"不惜一锭金，舍不得一句春"，在老江湖规矩里，这些"春点"如果叫外人知道，会把买卖毁了。

作者对自己如此"大逆不道"作了解释："总以爱护多数人，揭穿少数人的黑幕，为大众谋除害，以表示我忠于社会啊！"这样的前卫和叛逆也好理解，作者当时不过三十岁上下。

此书当今一再重版，有助于今人澄清"江湖"这一概念。当代人的眼里，所谓江湖，是从电影《少林寺》开始，成千上万武侠影视作品里的打打杀杀、华山论剑、称王称霸，再不济也得是抢占山头、压寨夫人……好像兵不血刃，就愧称江湖。什么算卦相面的、挑方卖药的、耍杂技变戏法的、保镖卖艺的、说评书的、说相声演口技的、唱大鼓打竹板的，简直也太鸡毛蒜皮、柴米油盐，上不了台面。殊不知，金皮彩挂，各有秘诀，归结到最后，是"人情"二字。社会里的事，最难学的便是世故人情。作家阿城曾经说：《红楼梦》里的王熙凤，人情练达，那才叫真江湖，以为打打杀杀就是江湖吗？那叫土匪。就是这个意思了。

世界大同趋势愈渐明显，文化人潜意识里有恐惧，希望找到自己文化中最独特的东西，好从大同中剥离。好比说，北京越来越像个国际化城市，外国友人越来越多，有朋自远方来，给人家看点什么听点什么呢？摇滚？电影？有点班门弄斧。那么，特色何在？很多人将眼光投向曾经辉煌过的民间文艺，戏曲、相声、民歌。此书眼下受到许多敏感文化人的追捧，是否有这因素隐含其中？

这一两年，一些以不落俗套著称的文化人，呼朋唤友去听郭德纲相声，去看刘老根大舞台。大俗的相声、二人转，原是出租车司机们的至爱（早年我就见过一位出租司机，因为行进当中打电话约人听相声，被警察罚了二百，够十个人听场相声了），现在成了文化人的新追求，好像暗中证明了《江湖丛谈》一再重版的另一个意义所在。

形无形，意无意

想找好书读，别去报刊、网上寻信息，那些铺天盖地的小广告，绝大部分等同街头地面上粘的那些玩意儿，来路不正。真想得到好书信息，不妨注意口口相传。有心人会发现，总有个别好书，一段时间内，在周边志趣相投的朋友中悄然流传。这样的书，往往是值得信赖的。好比早两年的《书法有法》，还有眼下的《逝去的武林》。

《逝去的武林》是一本口述实录。述者李仲轩是个练形意拳的武者，上个世纪三十年代曾拜三位名师门下，得了形意一门的真传。之后退隐几十年，一个徒弟没收，退休前是一家电器行的看门老头儿。就这么个人，将近九十岁了，觉得武学不可失传，找到信赖的人，和盘托出一个真实的武林，以及一些玄机莫测的内家功夫要诀。

看似普通的这一述，其实在李老先生内心，一定经过极其复杂的得失权衡。最终倾囊而出，需要莫大的勇气。

形意一门，奉达摩为开山老祖，原来以为是暴发户修家谱，故弄玄虚、往自个儿脸上贴金，读完全部口述，才知道理所在，是自己太过无知。

形意拳所以被叫作内家拳，是因为看似在练筋骨，实则是在修炼人心。按李先生说法：所谓形与意，只能授者身教，学者意会。如果勉强以文字表述，形就是"无形"，意就是"无意"。这么直指心行训练法的话，李先生说，"不是老和尚在打无聊的机锋，而是练武事实"。

禅宗公案里，类似这种形即无形、意即无意的话很多，肯定不是文字游戏，做到了自然明白，做不到，说什么也只能是猜。

形意拳与禅宗在"只管去做、不可言说"一点上，有惊人的一致，难怪要供禅宗的祖师爷。李先生揭秘出来的很多练武诀窍，极似禅宗公案中雪泥鸿爪透露出来的修禅引导语："练拳要学瞎子走路，身子前后都提着小心，从头到脚都有反应"；"意不是想出来的东西，而是得来的东西，一刻意就没了，不知道怎么回事就得了"；"意是先于形象，先于想象的，如下雨前，迎风而来的一点潮气，似有非有"。

李先生口述中也经常联系到禅讲话。比如说，形意是用身体"想"，开悟不是脑子明白，而是身体明白，与禅的"言下顿悟"相似。还说，禅宗有"话头"，就是突然一句话把人整个思维都打乱，就开悟了，形意也有这种"给句话"，这句话本身可能有意义，也可能没意义，就是为了刺激。

禅宗不立文字，结果时至今日，真悟人越来越少。形意只讲意会，结果传到今天也几近失传。这种时刻，是继续遵照祖训不立文字，还是有选择地做一些"揭盖"的努力？孰利孰弊？利大于弊还是弊大于利？我们外人自然无大所谓，身为当事者的李先生，想必内心是起过巨大波澜的。所以他在口述当中讲到拳风时，会无奈地借题发挥道："拳不能以风格来评说，因为武术不是表演，说其刚猛或含蓄，都离题太远。要从心法说，才能区别出究竟，可惜心法又是不外传的。"

不外传是因为不好传，形无形，意无意，自己学会已经超难，再想教人，难上加难。所以这样玄妙的事情，我这里多说也是无益。更何况，这一写这一刊出，这篇文字也就落入前边批判的小广告之列，难逃可悲下场。不如您自己去读读这本书，说不准就能读到某个"给句话"，能对治一颗杂乱纷扰的心。

反义词董全斌

全斌很有趣，他在景德镇这个满街青花瓷的地方，做的却是紫砂器；他在翠竹连绵的山里有座世外桃源般的三层小楼，却绝大多数时间窝在城里一个单元房内从事创作；迄今为止他有好几个系列作品声名远播、重金难求，搁别人那儿早成富豪了，但他好像成心不想出名不想发财，成一个弃一个，毫无沾沾自喜，更无半点留恋，又去折磨自己推倒重来开创下一个。

当然，上述每一条有趣，据我所知都有些现实琐碎的原因，比如在城里，为的是孩子上下学接送方便。但这些都不是主要原因。那是什么呢？

全斌容貌清净，似方外之人，平日说话做事不疾不徐，很稳。可有一天，我俩天南海北缓缓聊着，忘了哪句话触动了他，突然凑身向前，一反常态几乎是暴躁地说：脑子里还有很多好东西啊，做不过来啊，我着急啊。

在我看来，这是全斌"有趣"的内核。说白了就三个字：不重复。不重复早已没了生气的传统青花瓷，不重复山清水秀的郊外弄个大工作室的艺术家，更重要的是，不重复创作。不重复前人，更不重复自己。

说起全斌，我其实特别不愿意用"创作"一词，我愿意用"创造"。二者乍看近似，仔细分辨另有蹊跷。创作本意指创建制作，而创造特指发明或制造前所未有的事物。微观看，全斌一个接一个系列作品都是创造，这没问题；宏观上讲，无论瓷器还是紫砂器，历史都太悠久，因此严格说来也谈不上什么"前所未有"，好像有捧杀之嫌。可是呢，见多了当代所谓艺术家的创作，觉得绝大多数其实都是创造的反面：模仿，即按现成的样子做。

我近来看人想事有个新趋势，就是回到词语，在词语的本义、衍生义、同义词、近义词、反义词之间，力争找准坐标。说到"模仿"，它有一组近义词：模拟、仿效、临摹、效法。还有一组反义词：发明、独创、创造、创作。这就是了，全斌在我眼里，是这些反义词。而太多所谓艺术家，是这些近义词，模拟、仿效、临摹、效法前人，并且模拟、仿效、临摹、效法自己。我说的还是一些被视为成功的艺术家。

别说，"反义词"这个词还真适合拿来当作全斌的定语呢。他在这本书自序里说，不经意间在景德镇已生活七年，搬了三次工作室，最后落脚市区公寓楼。"每天上下学的时候，窗外嘈杂，各种交通工具急迫的喇叭声不绝于耳，还有小学生无论何时都有的快乐喊叫。房间中此时只有我一个人，在汹涌的声音里找到安静，各种嘈杂经过窗户的过滤，打碎融合成连绵不断的活力进入到这里。"这是典型的例证，他是反着来的，他要在汹涌的声音里找安静。

不禁想到，据说习禅行人，有了一定进阶之后，也有类似训练方法，比如要去喧闹杂乱的菜市场，甚至是电音轰鸣的迪厅，去寻下一台阶。我所见到的全斌种种有趣，颇具习禅行人这一方法之神韵。习禅一事，从某个角度来说，据说也就是要"反着来"，突破惯以为常的种种串习，这个，也是反义词的意思。

全斌有趣不假，但也有非常无趣的一面。我曾和他两三天耗在一起，依我所见，彬彬有礼，饮食寡淡，没什么热情，基本心不在焉。传说中的艺术家，不都是性情中人吗？可是且慢，一旦上手做东西，他像变了个人，专注，精准，更有似烈火的性情喷洒到手中的器物上。开始我没在意，见他在转盘上盘泥，以为如此枯燥的工作，边聊边做有趣些吧，就拖着他聊几句闲天。两次发现，我的声音仿佛把他从九天之外突然拽回尘世，只见他一脸被打断的木然，这才意识到自己的唐突。

除了手中器物，全斌还会记录一些所感所想，就像收录在这本书里的这些。读他这类文字，能清晰体会到字里行间同样奔突着这股似烈火的性情，是他日常极少吐露的内心声音，是典型的创造之声。

还是据说，习禅行人进阶到某一阶段，因为尝到了一点滋味，貌似被一股神秘力量吸引进入别样时空，对眼前种种视若无睹，必定面目可憎。但是师父看了，会有窃喜，因为这是进步的表征。我不懂禅，不过攀文附义，想到全斌的创造之路，也正处于这一面目可憎的阶段吧。以他之聪慧，以他之专注，以他之全力以赴，大概很快我们能见到一个面目通透、无所谓近义词还是反义词的全斌。

多半句

张爱玲未刊稿不断被搜集整理出版，这要多亏张爱玲遗物保存者，以及几位资深张爱玲研究者，他们付出很多心血，让读者看到一个更全面、更丰富的张爱玲。

《异乡记》是最新整理出版的张爱玲手稿，只有三万多字，写在一个笔记本上。不全，后文显然遗失，是份残稿。

1946 年，张爱玲二十六岁。年初，天地严寒，她从上海出发，去温州找胡兰成。路途艰辛，走走停停，居然走了几个月。路经大多是农村，一个从未到过农村的城市女青年，竟然不时需要在农村住宿，甚至有时在同一个地方一住一个月，感触之多可想而知。《异乡记》是这一路的如实记录。

《异乡记》是当日记写的，记录场景，记录经历，记录所思所想。书中有多处传神细节可以佐证这一推断。她描述某农家生活场景时说，"那情形使人想起丁玲描写的她自己的童年"。张爱玲如此写到丁玲，对现代文学史稍有了解的人会明白，显然是当日记在写。

不过一个年轻作家，尤其是一个已成名的作家，就算当日记写，也不会百分百如实。如果有读者把书中所写完全当作事实，那也太幼稚。以作家的禀性，即使写日记，也会不由自主地按文学作品来要求自己，讲究遣词造句，注重起承转合，安排详略得当；甚至，会不自觉地掺入虚构成分。关于此，书中也有处细节有所表露，张爱玲通过人物对话，把自己写成了"沈太太"。

更何况，作家不仅不自觉地高标准严要求，还会自觉地用日记方式，积累创作素材。事实上，《异乡记》里一些段落、一些人物，后来确实用在了《小团圆》《秧歌》等长篇作品中。

我因从事编辑工作，读过大量当代年轻作家手稿，读《异乡记》时有个强烈私人感受：和读过的好多手稿好像啊。这一方面说明，九十年代开始的"张爱玲热"影响了多少青年人的文风；另一方面我也想说，别的作品且不论，单说《异乡记》，写得确实很优秀，但也只是一个比较优秀的二十六岁女青年的一部文学作品，太多的过誉之词似可不必。

柯灵曾经批评张爱玲写《秧歌》，说她"平生足迹未履农村"，没有农村经验。有评论家此番就认为，从《异乡记》可发现，"她有丰富的农村生活经验"。这显然从一个极端跳到了另一个极端。通读全书不难看出，作者对这趟旅程完全是隔阂姿态。再说只有几个月，还是旅行，"丰富"实在谈不上。还有评论家认为，《异乡记》显示出作者"对底层生活很有了解"，并且能看出"对底层普通人的同情"。这也有点过度解读。《异乡记》里多次出现一个词"湿腻"，全篇也充斥湿腻的气氛，"湿腻"和"同情"，二者的用心状态距离不小。

话说回来，优秀也是不争的事实。举个小例子：对大部分青年作家而言，写出"几只鸡，先是咯咯叫着跑开了，后来又回来了，脖子一探一探的，提心吊胆四处巡逻"这样的句子，已经很准确很有文采了，但是张爱玲继续写道，"但是鸡这样东西，本来就活得提心吊胆的"。我管这种笔法叫"多半句"手法，一下子就把文意宕到更为广阔的境地。"多半句"笔法在《异乡记》中时有显露，学习张爱玲文风的读者不妨细心体会。

《异乡记》最初叫《异乡如梦》，对张爱玲来说，这是一场又冷又湿又腻的梦，也许后边有个好结局，可惜我们看不到了。

三样俱全的《俗世奇人》

2000年作家出版社出版冯骥才《俗世奇人》，可能是他当时出过的最薄一本书吧。很不起眼，售价八元。当时我还供职于这家出版社，近水楼台先得月，看到此书校样，翻几页就放不下了。我个人读书有三大爱好，一爱小册子，二爱笔记类，三爱读闲书，《俗世奇人》一册在手，三样俱全。

读完校样颇觉意犹未尽，可是兜头一瓢冷水，冯骥才在后记里说了："写完这组小说，便对此类文本的小说拱手告别。狡兔三窟，一窟必死；倘若再写，算我无能。"急得我当场一句话差点儿喊出来：别啊大冯！

这也是阅读的一个——不叫乐趣，叫特点吧：果真好书，沉浸其中，生怕读完。最后一页总会来临，真想喊出个别啊别啊。

然而真放下了，脑海萦绕几日，过后也就那么回事了，毕竟想读的好书太多。好比邂逅美食，总要拼命为难自己的胃，真撂下筷子，也什么都不耽误。

没想到，念有所忘，也有回响。2015 年有了《俗世奇人》(贰)，又读得心旷神怡。还没完，2020 年《俗世奇人》(叁) 面世，这是当年读第一本时万没想到的。更没想到的还有，三本书总计销售几百万册，吓死人。

我说《俗世奇人》三样俱全，小册子、读闲书好理解，为什么说它是笔记类？要多说几句。

冯骥才是小说家，他自己说《俗世奇人》是小说，可见是当小说写的。但我更愿意将之归类于更中国传统一类文体：笔记。在古代，笔记这一文体涵盖面极广，从内容分，主要有鬼神仙怪、历史掌故、考据辩证等类别。《俗世奇人》多写奇人逸事，不说鬼神仙，至少是怪；几乎每篇都有不少天津风土人情和历史掌故；又以写小说的心态塑造人物，精准深入，这又很像考据辩证的严谨。如此一来，笔记这一文体的主要类别，薄薄三本小册子一应俱全——又一层面的三样俱全。因此读起来虽薄犹厚，结实厚重的厚。

笔记自古有之，最早的笔记确实被归纳到小说一类。不过这个小说，是不入三教九流的小说家这个层面的所指，而非西风东渐之后所谓的小说。时至北宋，宋祁首次将"笔记"用于书名，从此笔记文体愈加兴盛。关于这点不赘述了，我想说的是，笔记文体的内涵，远比如今我们共识中小说这一概念的内涵更为丰富，研究文学、文体的朋友不妨留心，好多题目值得深入。而若想读透冯骥才《俗世奇人》，从辨别文体这条路切入，兴许会有意想不到的收获。

再多扯个线头儿吧：《阿Q正传》也可从笔记文体的角度去研究，鲁迅说起这篇作品时曾经说："总而言之，这一篇也便是'本传'，但从我的文章着想，因为文体卑下，是'引车卖浆者流'所用的话，所以不敢僭称，便从不入三教九流的小说家所谓'闲话休题言归正传'这一句套话里，取出'正传'两个字来，作为名目。"剔除鲁迅这番话里白话文运动的时代背景，纯从文本、文体角度考察，自有一番滋味可咂摸。甚至，假如剔除《阿Q正传》的时代背景，阿Q也是一个"俗世奇人"。稍有不同的是，冯骥才的俗世奇人大多从正面写，阿Q是从反面写的。

退一步说，放弃文体考察的任务，单从文本上讲，《俗世奇人》也可视作冯骥才写小说的创作笔记，比如人物勾勒、故事模型，诸如此类。说不定其中哪些人哪些事，很快就在继之而来的皇皇巨著里现身。你看他此前名篇《神鞭》《三寸金莲》，就像《俗世奇人》的加长版。

《俗世奇人》接续的这一笔记传统，从《史记》一脉相传至今。在我读来，《俗世奇人》中有些篇目就像"鸿门宴"，像"李愬雪夜入蔡州"；有些分明有着《世说新语》直至《聊斋志异》一路而来的亲切。这是笔记嫡传一系，根红苗正，贯穿古今，一脉相承。

传承不是模仿，也不是泥古不化，要传承的是这一血脉的精神实质。冯骥才传自古人，又写出二十一世纪新笔记的独特。这份独特，他写到第三本的时候已非常自觉，所以他在《俗世奇人》（叁）后记里说："这些人物虽然性情迥异，却都有天津地域文化的共性。我喜欢天津人这种集体性格。"

历代笔记都特别看重一个"随"字，随意，随性，随便，都是极其个人化的性情之作，以我目力所及，挺少冯骥才这样大处着眼，志在描摹一个地域的集体性格。王国维说李白"纯以气象胜"，气象之大，正是冯骥才对笔记这一文体的新拓展、新贡献。《俗世奇人》一而再，再而三，却没有一鼓作气，再而衰，三而竭，而是从有气象到气象大，再到气象更大。三本小册子写出笔记大气象，令人尊敬。

兰台万卷

以我个人阅读趣味，眼下的学术书（我也称之为"教授书"，学富五车的教授学者的学问书），讲现代的，最爱读谢泳；讲古代的，最爱读李零。

两人的共同特点是，依据的材料够全，理解得够透，把诸多深奥的学术问题彻底消化之后，化为自己的大白话说给别人听。与此同时，对课题又有新发现，有独立新观点。简单说，就是既透且新。读这样的书，不仅增长知识，还最易引发思考。信息时代，好像什么都现成，只管百度谷歌即可，大脑越来越僵，读到引发思考的书，有"活血化瘀"之功效。

与我同好者不少，所以李零近年新著迭出，讲孔子，讲老子，讲孙子……本本销量不俗，频频被读者公投为年度最佳书籍，可见他把学问做到多么平易近人。最新这本《兰台万卷》，单就阅读而言，比之前种种著作稍难些，原因不在作者身上，他仍然明白晓畅；问题出在，这回讲的不是《论语》《老子》这些人人都能背诵几句的大俗书，而是班固的《汉书·艺文志》。本来读过的人就不多，再加上，这书其实只是一个图书目录，枯燥吧？

国学的传统，目录学是一切学问的根基。想做学问么？先读目录。我读大学时，全班文艺男女都在如饥似渴读现代派、后现代派，有个异类分子因为家教严，谨遵父命天天捧着《四库全书总目提要》啃，现在，所有同学中就数这位最有学问。

《四库全书总目提要》是晚辈，目录学最经典的著作是《汉书·艺文志》。近年来先秦诸子百家成了热点，很多人奉之为中国历史上的黄金时代，要追这个古，就要打开先秦古书这扇大门，《汉书·艺文志》便是钥匙。而今人要想开启《汉书·艺文志》这扇门，《兰台万卷》又是一把最合手的钥匙。

李零说：这个目录，著录古书约六百部，一万三千卷。古人云"读万卷书，行万里路"，读万卷书什么概念？那就等于说，你把西汉皇家图书馆的书看了一遍。班固校书兰台，官兰台令史，我把这本书题为"兰台万卷"，就是指这套西汉皇家图书馆的藏书。我想带你参观一下这座图书馆，看看当时的《四库全书》是什么样。

目录无疑是枯燥的，再说大多数人读书，并非要做学问。如果读书只图好看热闹，赶紧把这书扔一边儿。若想认真读本书，增长中国传统文化知识，最好与此同时还能促进思考，《兰台万卷》是个好选择。不一定全看懂，求个"没吃过猪肉，只见过猪跑"也不赖，再和人聊起百家争鸣、传统文化，不至于再喷出过分无知的话。

更何况，前文说过，李零的长项在于自己先透彻，再用大白话讲出来，很多你小时候学过的东西，之前若隐若现、糊里糊涂的知识，可以通过阅读此书得以厘清。拿我自己举例，老早就知道所谓"经学"向来有今古之争，从汉代一直绵延至清末民初，贯穿整个中国学术史，但一今一古具体争个什么？怎么个争法？为什么争？也看过些书，始终一头雾水。通过《兰台万卷》，看它如何排定书目顺序、如何侧重、如何贬抑，加之李零的大白话把前因后果一解释，全明白了。

至于促进思考，书中有段话震撼了我，不妨拿来共享。作者说到《汉书·艺文志》所收书目，其实大多亡佚，然后说："研究古书，要虚实结合，有大局观，不能光看古人留下了什么，也要看看他们淘汰了什么，丢掉了什么。"不知您读了啥感觉，我是余音绕梁，至今不绝。

名　物

喜欢小开本的书，精到有趣的内容，不要太厚，随时随地拿着舒心，看着愉悦。是性格使然，喜欢小、精、尖，对高屋建瓴的鸿篇大论有抵触。自省一下，也是喜欢小情小调、不求甚解的弱点证明。这类书，早年有孙犁先生的诸种文集，近年有上海书店的"海上文库"。

喜欢扬之水的书，从《诗经名物新证》《古诗文名物新证》，到《终朝采蓝》，直至最新的豪华版《奢华之色——宋元明金银器研究》，本本研读，无不读到身心透亮，搁卷恍然。《明式家具之前》是扬之水对"海上文库"的最新贡献，此前这文库还出过一本她与该文库主编陆灏合著的《梵澄先生》，也被我列入近年读过的十大好书。

明式家具在当今，因为文物市场买卖兴隆，跟风追涨者趋之若鹜，渐渐成了热门话题。身边就有不少款哥款姐，撂下手头生意不管，突然消失月余时间，跑北大、清华报读文物鉴定速成班，再露面儿，俨然一副鉴定专家的嘴脸，口若悬河地指点青花瓷器、明式家具。书肆中东摘西抄拼凑而成的文物类图书一时爆棚。

时尚统领，社会潮流，时尚人物就是这样在风口浪尖上过着弄潮儿的生活，他们可能天天读书，但按中国传统价值观衡量，他们不是读书人。扬之水这样的人，是海底的水，任你浪头千变万化，我自寂静深流，明式家具热门成这样，她偏要研究"明式家具之前"，这本身就是个态度的证明。所以她会在本书的跋里说，本书中几篇文章"或言家具或所言与家具有关，却又均不涉及近年作为热点之一的明式家具，而取了一个老老实实的名称，叫'明式家具之前'"。老实之中，自有别样寓意。

为什么说读扬之水的书有身心透亮之感，搁卷恍然呢？从外在形式上说，文字平实精要，文风温柔敦厚，这当然是不可匮缺的必要条件，更关键在内容。

扬之水一直特别在意于一事一物的起源、发展与演变，所以这些年她始终在拿"名物"做文章。

名物之学，是中国传统学问之一，主要研究事物名称的起源及演变。中国历史悠久，语文演变历程深奥复杂，今人去读《春秋》《诗》这类古籍，光是名物指代这一项，就已足够让人挠头，更别说借之探微历史，了解古人的生活了。读古籍，如果不满足于囫囵吞枣看个大概，必然碰到名物问题。

举例来说，李白名诗"床前明月光，疑是地上霜。举头望明月，低头思故乡"，大意好理解，但是稍加深究，躺在床上，如何忽举头忽低头？难以想象。前两年，收藏家马未都从文物研究的角度发表看法，认为诗中之"床"，应指"胡床"，有点像当今的马扎儿。

《明式家具之前》恰巧也专门写到"唐宋时代的床和桌"："席坐时代家具的完备与成熟在魏晋南北朝时被打破，唐代作为转型期，家具名称、功能之间的区别变得模糊"，唐代"床的概念变得格外宽泛：凡上有面板、下有足支撑者，不论置物、坐人，或用来睡卧，似乎都可以名之曰床"。因此唐时还有禅床、食床等称谓。中华书局版《太平广记》里载录的一则故事讲到吃饭，依明钞本应为"正得一床"，校点者因为对"床"字的不理解，想当然地改为"止得一味"。

《明式家具之前》探究了俎、梜、案、行障、挂轴、屏风、床、桌子等名物，读了时有豁然开朗之感。固然它是扬之水的一家之言，但立论谨慎、考据翔实，这些探究工作于读书，于历史，句句都似有正本清源的奇效，因此会有身心透亮之感。

掩卷又想到，依佛教核心理论之一的"十二缘起"之说，无明缘行，行缘识，识缘名色……名物正是"名色"的一种表现，人从无明开始，行至名色，在轮回之道愈陷愈深，不禁恍然。

个人阅读现状

读刀尔登新书《鸢回头》，不大不小一本书，按自己的理解，重新梳理孔、老、庄。这老三位普及面太广了，谁都能聊几句，于是很多人出现幻觉，都把自己当专家，所以被说得呀，汗牛充栋。以刀尔登之沉静博学，当然不在此列。我读此书有一点体会，他其实并非要说给别人听，主要还是想梳理自己，和自己对话，因此这一著述绝非孟浪为之，而是内在诚恳，言之有物。

刀尔登以往几本书深入犀利，是冲破樊篱向前冲的态势。冲也不是大张旗鼓、有组织有预谋的正面作战，而是独行侠，信马由缰独步江湖，爱看不看。到了这一本，深入犀利一如既往，却因要"回头"，要面对所谓传统文化，老茧太厚，必须运筹帷幄，于是有了整体的谋篇布局，说得系统起来。

从冲破樊篱向前冲，到"回头"，这样一条思想与写作道路我们并不陌生。我曾在一篇旧文中写到，好几个我喜欢的文化人，到了六十岁前后，不约而同做起类似的事情：从纯个人角度，串讲某一领域的来龙去脉。比如阿城串讲中国俗文学史，陈丹青通过"局部"梳理西方美术史，朱新建总结中国文人画历史。

刀尔登的这一"回头"，和上述三人的串讲不大一样，但也不乏相似之处，只是他更具勇气，更釜底抽薪，直接说到了先秦，说到了上述种种的命根子孔、老、庄。这令我生出羡慕，继而是敬佩。我和刀尔登是同代人，我知道这样的勇气和冲动不难有，可是真做起来好难。

万难之中，今天单说阅读一项。"回头"工程需要巨大阅读量。孔、老、庄我们少时都读过，甚至钻研过，但是，无数经典重读的经验告诉我们，彼一时此一时，少时的阅读理解有多不靠谱。尤其还想要写一写，就更需要从头到尾重新来过，仔细研磨。然而，又不得不说此一时彼一时了，早年经验阅历少，理解分析弱，如今理解分析力倒是强了，但是记忆力衰退得一塌糊涂，读完就忘。很像那句俗话说的，早年有贼心没贼胆，现在胆有了，贼心没了。

差不多就是五六十岁吧，事关阅读，一个残酷的现实横在目前，古人说得形象，阅读成了纯属自娱自乐的"卧游"。一路游山玩水，就拿逛苏州园林举例吧，梧阴匝地，槐荫当庭，插柳沿堤，栽梅绕屋，移步换景，景生情，情又生景，好不激动人心，感慨万分；书本一合，即如乘兴而去，兴尽而返，挥一挥衣袖，发现啥也没有带回。这，就是我个人的阅读现状，所以会羡慕和敬佩。

不过且慢，卧游久了，加之一贯擅长随波逐流、自我安慰、不难为自个儿，倒也慢慢体会出其中乐趣。还是举例说吧：早年读诗，读了"霭霭停云，蒙蒙时雨"，读了"东园之树，枝条载荣"，都站不住，必定悬颗心，急火火往后跑着读。直至读到"愿言怀人，舟车靡从"，读到"安得促膝，说彼平生"……赋比兴也好，起承转合也罢，好似终于形成闭环，一颗心才算有个着落。

如今"卧游"，事情起了点变化，停云霭霭，时雨蒙蒙，足够了啊，八个字，该有的都有了。想到王国维评李白："西风残照，汉家陵阙，寥寥八字，遂关千古登临之口。"静安先生大才，要关他人之口，我肯定没这份格局；只是，原来阅读必须找到个"着落"，而现在，慢慢习惯了悬着。等待另一只靴子落地，怎么也怪不到靴子头上，只怪你要等，如果随时可以倒头闷睡，管它几只靴子呢。

由此又联想到，最近喜欢的几幅摄影作品，共同特点是焦点不实。琢磨了一下，两个可能的原因：一是老花眼两年多，很多原来全须全尾儿的实在物件都日渐虚幻，开始挺不适应，老揉眼睛，慢慢习惯了，对虚，生出了亲切感。二是如今目力所及，无不精美大图，大到压迫，看多了反而对高清之实有点腻，以及，如罗大佑所唱：彩色的电视变得更加花哨，能辨别黑白的人越来越少，能欣赏焦点不实之美，未必是坏事。这番体会，好像也算从另一个角度，交代了我个人的阅读现状。

纸年轮

《纽约时报》书评版编了一百年后，出了一本回忆百年阅读历程的巨著，精选了1897年至1997年间刊登过的两百多篇书评。此书2001年出了中文版，名叫《20世纪的书》，八百多页，近八十万字。

中国有个读书人张冠生，可能受此启发，启动了一项个人读写计划，选择1910年到2010年这百年为时间限制，从每年出版的浩瀚书海中择出一种，读，并且记录读后感，结果就有了这本《纸年轮》。其中的2001年，张冠生选择的书即是《20世纪的书》。

看作者介绍，张冠生给费孝通先生做了若干年助手，应该是受费老严谨治学风范熏陶日久，书目选择上颇见功夫。仔细琢磨这些书目会发现，隐含着横、纵两条坐标。

横坐标，视野开阔，文、史、哲、社会学、心理学、经济学、环境学、政治学各种门类兼顾，当年感动一时之书与日后价值重现之书并包。感动一时的比如1965年的《王杰日记》、1955年的《胡适思想批判》；日后价值重现的比如1976年的《只有一个地球》、1994年的《顾准文集》。

纵坐标，百年之初的《少年》杂志、《中华初等尺牍》、《作文法》等，如同少年儿童蹒跚学步；继之而来的《历史哲学纲要》《人类在自然界的位置》等，如同青年人努力学习，初步建立世界观人生观；百年中段的《胡适思想批判》《毛主席语录》等，又如同青壮年间的种种激进；直至百年之末，《中和位育》《我们濒临的价值观：美国道德危机》《治理中国：从革命到改革》，又很像人过中年，痛定思痛，世界观人生观日趋成熟。

作者选择书目还有个小细节，必须找到当年的版本，才读才写。近几十年的书还好说，百年之初的那些老版本，真要花点功夫。为此，作者成了多家旧书店及一些旧书网站的常客。这一细节让我敬佩，从中可见其作风之严谨。

这是一本个人化非常强烈的著作，可以叫"阅读史"，但要补充说明的是，它不仅是回顾国人阅读的历史，更是阅读历史本身。前者为表，后者为里。

乍看作者写得轻松自在，随意拈来，很多逸事掌故，饶有趣味，这只是本书的浅表一层；背地里，作者通过书目的精挑细选，述而不作地向读者呈现了他对历史本身的书写。读到这一层，才算读到《纸年轮》的"年轮"，沉重、厚实、别具深意，是这本书的灵魂所在。

我读《纸年轮》，有个趣味阅读法，说来分享。会挑些于我而言特殊的年份，琢磨作者为什么要挑那本书，继而看他如何评议。比如我出生的1968年，挑的是《鲁迅诗注》，南京大学中文系编印，当年印量不小，名声极大，如今似乎寂寞得很。再比如1979年，我从苏北一个小县城北上进京，从此定居京城。这一年，作者挑的是《西行漫记》。作者说，这一年，"中国正在巨大曲折之后开笔新的一页。三联书店重印该书，实有深意"。联想到自己的人生也算从这年起翻开新篇章，便有了贯通书内外的戏想。

1989年，我离开校园走向社会，本年作者挑的是《球籍：一个世纪性的选择》。"球籍"一词来自毛泽东，他在1956年时曾说："你有那么多人，那么大一块地方，资源那么丰富，又听说搞了社会主义，据说是有优越性，结果你搞了五六十年还不能超过美国，你像个什么样子呢？那就要从地球上开除你的球籍！"如今距离说这番话的1956年，真的五六十年过去了。

老上海是什么

年初的北京图书订货会上，邂逅上海一位出版人。寒暄过后她问：有时间读小说么？我明白她有新书要送，客套地回答有时间。不料她神色一凛，严肃地追问：真的有么？没有就直说。我听了也一凛，打起十二分精神过了下脑子，然后不客气地说：得是好小说。

就这样我得到一本《租界》试读本。试读本，是英美一些国家的做法，出版人看好的书，不急于大批量印刷发行，先轻型印刷十几二十本，交给相关人士试读，听取意见，再作修改，直至一致好评后才正式上市。这是一种沉着冷静的出版形态，把书还当书的出版形态，出版人有足够的耐心，把精力真正投注在要出一本没遗憾的好书上头。这种事，与国人轻浮躁动的普遍心态显然不在一个频道，所以当代中国极少这种做法。那么，《租界》，一本小说，值得这么做么？

逐字逐句读完小说，我要说不枉出版人一片良苦用心，这本小说当得起这种特殊出版形态的对待。

《租界》更像一本英美小说，但确实是一个当代中国年轻人写的，写旧上海，1931 年的上海，更准确地说是 1931 年的上海租界，主题词有革命、反革命、谍战、阴谋、仇恨、谎言、枪、钱……听上去很时髦，让人联想到近年众多热播的影视剧。那些剧本都从小说改编而来，有大把导演至今还在书报刊海洋里搜寻这类作品。但是《租界》好像成心要避开这些搜寻的目光，故事成心写得散漫，或者说，它的用力点根本不在故事上，它在氛围上用力，在细节上用力，在趣味上用力。

出版人在试读本封底有句评语："以考古学家的周详以及诗人的偏僻趣味构建的知识分子小说。"初看没注意，读完全书回头再看这话，概括得精准。我说的趣味上用力，正是所谓"诗人的偏僻趣味"；细节上用力，正是"考古学家的周详"；二者合并，便有了"知识分子小说"的氛围——读前看那些主题词，联想到的是热播影视剧；读完联想到的是昂伯托·埃柯的《傅科摆》、戴维·洛奇的《小世界》、纳博科夫的《微暗的火》。

细节，细节，还是细节。1931 年上海的租界，通过不厌其详的细节，在我眼底一寸一寸地展开。只是一寸寸地展开，不屑于写全景。探长办公桌上的各种物件、建筑里的雕花黄铜扶手、楼梯台阶上拼成玫瑰图案的绛红色瓷砖……当我迷失的时候，还有附在文中的地图作指引。不过地图也是局部，哪个门脸和哪间仓库的位置关系图，或者索性单是一幢建筑的结构图。没有大而无当的全景式整体描述，这和故事的写法保持一致，忽略起承转合，忽略故事完整性，只有一些保持内在逻辑的片段和细节。

细节让人赞叹，但细节不容易复述，只能自己去读，去细节里徜徉，大快朵颐，我无法作更多介绍。倒有另一层意思想说。是在一天深夜开始读《租界》，就在当天晚上，和一位老先生共进晚餐，席间说到，作为纯正上海人，他觉得现在文艺作品里的老上海，一应名家全算上，张爱玲什么的，和他整个青少年时代沉浸其中的那个上海，简直风马牛不相及。什么大世界，什么梧桐树，什么老克腊，什么弄堂女人的小心思……浮皮潦草，粉艳轻浮。老上海是什么？老上海是只老虎，随时要吃人的。

以他八十多岁的年纪，以他大户人家的背景，以他丰厚的学养，以他从小至今对上海的爱到骨髓，我信他。不过我信的是，那是他心里的老上海，至于"真实"的老上海，都"老"了，追不着。没错，有史料，有档案，甚至你曾亲身经历过，但那都是你"此刻"心里的"老"上海。《租界》写的也是小白心目中的老上海，这个上海，倒真有点老虎吃人的味道。从这意义上说，《租界》也许写出了众多地道老上海人心目中的那个老上海。

用老课本补课

《读库》一向给大家的印象是用笨功夫，做踏实事。看似不谙世事，斤斤计较，不合更高、更快、更强的时代大潮，可时日一久，高快强们纷纷土崩瓦解遭人厌，踏实人的一桩桩踏实事，却越来越让人尊敬。

最新的踏实事是两函十一册《共和国教科书》出版。第一函初小部分，含新国文四册、新修身两册。第二函高小部分，含新国文三册、新修身两册。《读库》同仁不拼新不拼奇，只拼时间和细心、耐心，把百年前（1912 年）的《共和国教科书》逐页逐字修补，影印再版。内中花费的心力与甘苦，我这个做过出版，又钻研过古籍修补细节的人，想想都要啧啧。

印制的精美不用说了，不少对书籍品相挑剔到变态程度的人，初见这书即摩挲不已两眼放光。我花两整天时间，把这套本该在十三岁前读到烂熟的小学课本逐字通读，回头再想印制的问题，觉得就这套书而言，再怎么精美的装帧都当得起，因为太有价值了，尤其是在今天。

《读库》主编张立宪说，对这套课本，人们津津乐道的往往是图文并茂，朗朗上口，让人赏心悦目。事实上只有初小的前几册较为浅显，而全套书配合的是较为系统而完备的七年学制，愈来愈难，并非一蹴而就的快餐读物。所以，这套书不应该是让小朋友短时间内一口气看个过瘾，而是需要几年时间的浸润，使阅读伴随成长。

要我说，也许百年前这套书是给小朋友们准备的没错，但搁今天就不这么简单了，绝大多数成年人不妨借此课本补补课，让自己不那么浅薄、缺乏教养，还时时振振有词。比如我这代人，以及我前后的几代人，简而言之从"万岁"开始小学第一课的，都该来补补课。

补什么呢？一补教养。教养绝非知识可以替代，它就像母亲手中的针线活儿细细密密全是情意一样，渗透在日常生活的每一个细节里。初小修身课，"爱亲"："父往他乡，女随母，送于门外，请父早归。"这是一个女儿该有的修养。"镇定"："王戎七岁，与众同观虎，虎忽大吼，观者皆惧，戎独不动。"这是

76

个男儿该有的修养。"去争"："与人共饭，不可争食，与人同行，不可争先。"这是每个人都该有的修养……这些本该是十岁前受到的教育，今天多少人做不到？

二补德行。德行的培养就像栽树苗，起头儿不正，将来再粗再壮也是歪材。即便树苗栽正了，还要勤浇水勤培护，才能免遭邪风恶雨的歪曲。就拿"诚实"这条举例，光是初小课本里，七八次反复夯实："梁儿喜诳语。偶持钓竿，独游池畔。失足堕水，大呼求救。人皆以为诳，不应"；幼年华盛顿砍了父亲最心爱的樱桃树，在父亲的暴怒下坦然承认是己所为；司马光幼时剥不开胡桃壳，婢女代剥，司马光将功劳揽在自己身上，被窥得内情的父亲呵责，"光自是改过，终身无诳语"……今天别说终身无诳语，多少人在乎这事都难讲。

三补趣味。同样是学知识，编课文者的趣味，直接影响到学生。作个比喻吧，杨朔和杨绛的散文完全不同趣味。放在文学层次上比，也许不好断言孰优孰劣，但是放到趣味层面而论，对一个小学生，显然还是晓畅明白、自然平和要比浓墨重彩、一惊一乍更得体。但我们几代人就这么一惊一乍过来了，直至今日小学课本里讲到植物还是这样："春天，天气越来越暖了。阿静和爸爸妈妈在小树林中散步，细心的阿静发现树上有许许多多的小突起。这引起了她的思考。"再看老课本"草"这一课："草，根浅而茎弱。硗瘠之土，亦能繁殖。

故山坡水涯，及崇崖峭壁，无不有之。春时草色青青，随处
蔓延。秋冬，霜雪降，则茎黄而枯。其根及种子，伏于土中，
次年复生，不假人力之种植也……"相形之下，如何评判，
毋庸多言了吧。

前日见有网友说，旧文学滋养大的人，读三五年书就有文化，
而白话文养大的人，读十几年书，一篇像样的东西也写不出
来。这话说得偏颇，且有情绪，但是也不无道理，值得深思。

三百年来伤国乱

大约从去年开始，到处刮起民国风，报刊版面上不少知识分子撰文或者受访时都大赞民国，网络上好多知道分子把一个又一个民国人物从坟墓里捧出来，给他们穿花衣戴高帽，夸到天花乱坠。这股风潮显然不单因为要纪念辛亥百年，更多的原因来自知识分子和知道分子们对当下贫乏文化生活的厌倦，甚至是厌恶，经过一段时间的积累开始爆发。

厌倦也好，厌恶也罢，都是情绪。一个成年人，或多或少会有这样的经验：情绪平和时的言行往往无悔，情绪激烈中的言行经常悔之不迭。网络上那些情绪极大、极不负责任的口号式民国风且不去管它，单看正式出版的报刊上不少"公知"的言论，也着实不乏在激烈情绪中丧失起码常识的语句。

举凡争议极大的人或事，往往不像夸得最狠的人夸得那么优秀，也绝不像骂得最狠的人骂得那么不堪，否则哪来的争议？也正因此，各项评选有个通行准则，即去掉一个最高分，再去掉一个最低分。这是极简单的道理，可遭遇情绪激烈时，想得起来也不是件容易事。所以你看，就会有人这样设论、论证——民国时某某多清廉，可见民国的官场还有起码的仁义道德。这逻辑简直堕落到小学生不如的水平。怪的是，人在情绪中就能如是想，如是说，还很坚定。更怪的是，同样陷在情绪中不能自拔的人还群起附和。

然而民国风本身没问题，继往才能开来，一部民国史，因为共和国几十年来学术界之动荡，已经变得怪腔怪调，错讹无数，真假难辨。是历史就难免错讹，可是比起秦皇汉武唐宗宋祖来，民国史的订正谬误要紧迫得多，因为很多当事人还在，打捞还来得及。对待历史，尤其是民国史乃至整个近代史，更要紧的是踏踏实实的打捞工作，而不是貌似高屋建瓴的种种结论。

作家庄秋水沉下心，两年多来一直在做这样的打捞工作。初步成果是她的新著《三百年来伤国乱》。

本书是二十篇文章的合集，以 1911 年为界，之前十篇，之后十篇，写了三百年来二十个历史片段。绝大多数是以某一人物为核心，个别篇目的核心是个群体，比如"1911年的新军""无数战时青年"。人物的选择，我猜她是按自己的兴趣，只有极宽的一个框架，并无细密周致的计划。她在序言里说，"不是去研究历史，而是'在历史中生活'"，要有"画面感"。这是一个作家在打捞历史，不是在做学问。也正因了这份作家的感性优势，二十个历史片段被她打捞得分外生动。

生动是作家的特色，但在历史面前，生动又很危险。见过不少作家对历史肆意添油加醋、想当然，庄秋水凭着自己成熟的世界观和人生观，没有让生动凌驾于历史之上，她在尊重史实的前提下完成这份生动。读罢全书会发现，她写到的每一段史实都有根有据。更可喜的是，即便有了这些根据，她也没下任何结论，她只是呈现画面，带你走进这幅生动的画面，"越过时间和偏见造成的隔阂，去探寻他们的故事，体贴他们的情感，重新组织一段被历史因果和必然规律解释得支离破碎的人生"。

生动的呈现、不下结论，这是我心目中对待历史应有的态度。与之相反，妄下结论就会带来历史的迷雾，比如书中写到的鲁迅结论段祺瑞、毛泽东结论司徒雷登，当我们拨开重重迷雾再回顾，才发现一些历史真相完全有可能已被忽略了几十年。当然，还是前文说到的那个简单道理，如果你从此又一味把段祺瑞捧上天，把司徒雷登夸得天花乱坠，那就叫愚蠢。

回到卢作孚

拿一本《卢作孚箴言录》问周边人，不少所谓商业天才、顶尖企业家，都不知道卢作孚何许人也。他们谈起社会经济、商业理念，一概口若悬河，很多话很耳熟，分别来自比尔·盖茨、巴菲特、卡耐基、松下幸之助……

还问了不少文化人，作家、艺术家，也不知道卢作孚何许人也。他们这两年特别爱聊的一个话题是民国，说起北平如何比北京好，便眉飞色舞。问他们民国之好的精粹处何在，说什么的都有，那些不着边际的话一概挺抒情。

对上述两类人，应该送他们一句卢作孚说过的话："今日之中国人，其问题不在选择某种思想，而在能否思想。"

我想这样来介绍卢作孚：他是中国现代史上能思想也确实有思想的实业家，在这份能思想、有思想的背后，又折射出民国之好的精粹所在——自由独立之精神。

其实卢作孚头上的光环很耀眼，一生辗转于革命救国、教育救国、实业救国三大领域。十八岁参加同盟会，投身辛亥革命。后来主持以重庆北碚为中心的"现代乡村建设"运动，北碚一时被誉为"灿烂美妙的乐土"。他是现代巨大的实业家，1925年创办民生公司，后来几十年，民生公司威震八方，单是长江航运一项，先是纯靠商业竞争，击败垄断长江航运的外国轮船公司，继而谱写了现代史上著名的"中国版敦刻尔克大撤退"壮丽篇章。1950年他又第一个提出"公私合营"的建议，并率先与共和国政府签署了公私合营协议。

卢作孚的一生太多光彩值得大书特书，但这么多年下来，很多人已将他遗忘。究其原因，一来他本人生即以埋头做实事、克己奉公为做人准则，从不看重虚名，当然也就不会于此经营；二来呢，我读史多年，有个基本认识，如果说那些活跃在史书上的成功者是一块块美玉，那么玉中极品总是藏在深山，非得眼光犀利、真有智慧，或者像卢作孚本人说的"能思想"的人，才能发现他们。这样的人不多，但个顶个都是真正精英。像毛泽东，他说起民族工业时说四个人不能忘：张之洞、范旭东、卢作孚、张謇。像梁漱溟，他说卢作孚"庶几乎可比于古之圣贤哲"。

时至今日，又有精英人士发现，面临经济转型考验的今日中国，卢作孚的种种经验与思想意义重大。像厉以宁，他说卢作孚卓有成效的企业管理与企业文化建设经验，值得当今企业管理者学习借鉴，卢作孚的书既具有经济史的认识价值，又是一部凝结着宝贵实践经验的管理著作。像张瑞敏，他说卢作孚在他心中可谓是高山仰止，而这本《卢作孚箴言录》，更被张瑞敏觉得"于今天的时代更显示现实意义，伟人的真知灼见，将会净化我们的心灵，升华我们的境界"。

学者余世存在这本书序言里，呼吁当代的市场宠儿不要老向外看，天天盯着巴菲特、盖茨不放，卢作孚几十年前就已经在资本主义市场和社会主义计划之外，开辟了新的道路。他还呼吁当代知识分子别开口闭口哈耶克、哈贝马斯，不如回到卢作孚，他身上有着所谓千古圣贤的一点真骨血传承，就是珍贵的自由精神。

我读《卢作孚箴言录》，开始看到精彩句子还拿笔画重点，没几页过后把笔扔在一边，因为，几乎整本书都想画上。总之读得大脑激荡不已。读完千言万语想来总结，又觉得此书从序到正文到附录，早把一切说得干净利落，还稳准狠。我就来写篇这样的介绍，推荐大家去读。

共鸣的灵魂

河合隼雄中文版新书面世。初看书名，"共鸣的灵魂"。再看目录，"幸福是什么""心灵的从容""人生的滋味"一类的标题。随便翻翻全书概貌，差不多都是两三页一篇的报纸专栏。假如耐心还在，粗读几段文字，映入眼帘的是常见鸡汤的语调和词汇。至此，不少读者会在心里得出结论：又一本心灵鸡汤书。

的确不妨划归此类，这本书确是指向心灵。可是，心灵鸡汤何罪之有？不只是一个笼而统之的空洞概念吗？仔细想想，若说心灵，每一本你喜欢的书，哪本不是指向心灵，引发灵魂共鸣呢？若说鸡汤，哪一本你喜欢的书，不是给你的日常生活以滋养呢？迅速分门别类，有个总体的大局观，有些时候是好习惯，也有些时候让你错过细致深入，领会个性微妙的乐趣。更何况，这是河合隼雄啊，如果是熟悉作者河合隼雄的读者，之前读过他的书，大概在本文开篇所说那一系列细碎的动作之后，收束散漫之心，找个舒服的身体姿态，备好茶或咖啡，欣然打开第一页，开始一段与智者心灵共鸣之旅。

河合隼雄是当世几大智者之一，他是个心理学家，在全球心理学界，尤其在日本，是神一样的人物。他的著作极多，这十年来被译成汉语的也有一些了，在中国的影响，早几年是在心理学界内部，毕竟国内不少心理学专家学者、治疗师，都是他的崇拜者。前两年《村上春树去见河合隼雄》一书出版，因为村上的大红大紫，河合隼雄也进入了大众阅读领域。其实呢，远不止村上春树，很多在中国声名赫赫的当代日本文化艺术巨擘，比如小泽征尔、吉本芭娜娜、安藤忠雄，等等，都视河合隼雄为心灵导师。

这本书里几十篇短文，是河合隼雄应约在 1993 年初至 1997 年底整整五年间在报纸上写的连载，不讲理论，只讲故事。有自己的故事，有接待的来访者（对来寻求心理治疗者，河合隼雄从不称呼他们为病人，只称"来访者"）的故事，还有东西方许多童话和民间故事。所有这些故事都在探讨一个共同的主题：幸福究竟是什么。读完全书会发现，也许根本就不存在一个叫作幸福的东西，在每个人那里，幸福千差万别。问题不在什么是幸福，能否感觉到幸福才是问题之所在。而这一感觉，也是千差万别，如果说有共性，心灵的感动、灵魂的共鸣是不可或缺的。

顺便说一下，河合隼雄一向喜欢各种民间故事，一大原因在于，故事里边常常不会出现"正确答案"，反而经常是一些有趣的悖论。他觉得，人生也是一样，包含种种有趣的悖论。

如此大而化之地总结这本书内容，其实有悖于这本书的风格。河合隼雄极少这种简单粗暴地下结论，他的风格是娓娓道来，和你一起探讨，从不强加于你任何道理、结论。他经常使用问句，语气也是明确的商量。比如探讨独立的问题，他分析现在人的生活，因为社会分工细化被分解，表面看生活方便了，但"一个人"生活的诸多体验是不是也被剥夺了呢？继而，对比了日本人与德国人在独立问题上的不同特性之后，他又问道，是否应该像德国人那样，为了让自己作为一个独立的人活着，收回那些寄托于国家或公家的事情呢？

这才是河合隼雄的风格，他在临床心理治疗过程中，也始终主张治疗师的职责是倾听，在重要节点加以适当引导，期待来访者自己揭开盖子。他曾在另一本心理治疗专业著作中比较几种心理治疗的模型：

1.医学模型:症状—检查·问诊—发现病因（诊断）—去除病因或弱化（治疗）—治愈。

2. 教育模型：问题—调查·面谈—发现原因—提建议·教育、消除原因—解决问题。

3. 成熟模型：问题·烦恼—用治疗者对当事人的态度（后述）—促进当事人的自我成熟过程—期待解决问题。

河合隼雄当然是倾向于第三种成熟模型的。同样的意思，在这本《共鸣的灵魂》书里，有过一个比喻，他说心理辅导工作中有许多与树的意象重合的部分，这项工作并非像驯养动物那样，更像是等待树的成长。调整好成长所需要的条件，剩下的便是等待发现对方成长的可能性。如果因焦急而过度施肥，反而会枯萎。

幸福问题也是一样，这本书虽然是在讲幸福，但没有结论什么叫作幸福，作者只是期待他的故事像清水和肥料，培育树苗一天天长大。

如果继续借用这一比喻，接下来的问题是，这棵树将来一定要成材，长成参天大树么？这一点，也许正是这本书有别于众多时下流行的鸡汤书之所在，河合隼雄在做了这一比喻之后，又用他一贯的问句给这篇短文结了尾：我喜欢看大树的姿态，心想，它不知不觉中会不会渐渐变得"无用"呢？

与败坏了心灵鸡汤书籍名声的那些浅薄的作者相比，河合隼雄的探讨总是深入到每个人心底至深处，也只有触及心灵至深处，才有可能获取真正的、高质量的共鸣，只在表皮挠痒痒，会有一时舒适，情境稍一变化，困惑卷土重来。

至深之处有什么呢？也许什么都没有，但这绝非虚无的意思，没有一个确定的叫幸福的东西，也没有一个人人都认可的幸福、满足的人生。且慢，如果仅只说到这一层，那不是河合隼雄，因为这个还是表皮，仍需继续前行。

书里有一篇短文，讨论"触摸"的重要性。人被称为视觉动物，所以格外重视视觉，人得到的信息多半都是视觉信息。与之相比，对人类而言，最未经分化的感觉恐怕就是触觉了。对于即将离世之人，默默握紧他的手非常重要。在进行一系列对触摸的讨论之后，文章结尾说：心灵不可以变成"漫无边际的天空"，"等待"心灵的触摸非常重要。

曾有一位高僧讲述佛教里"空"的奥秘，说是一泓清水里，小鱼自在地游来游去。空不是虚无，更不是死寂，它足够活泼、灵动。这是空之奥秘所在，也是所谓的心灵奥秘所在，更是幸福的奥秘所在。依我读过的所有河合隼雄的著作来看，他深解这一奥秘，所以才会如此深入，如此迷人。

很多读者，包括一些心理学专家，都曾表达过一个相同的阅读河合隼雄著作的感受：单是看到这些文字，即有治愈之效。为何会有这样的感受？除了上述他的娓娓道来，没有专业术语，没有艰深理论，全是大白话，以及他总能见人所未见，句句话都说到心底至深处，之外还有什么呢？以《共鸣的灵魂》一书为例，我想至少还有一点值得单提出来一说，就是他对一系列概念的细致甄别，比如事实与真实、常识与知识、个性与共性、心灵和身体，等等，他总能将这些充斥在人们日常生活中的内心缠绕梳理清晰，而作为读者，随着他的梳理，很多内心的绳结豁然自解。

拿书中讲到常识与知识的一篇文章来举例。"常识"是眼下社会的一大热词，很多人都意识到，被"知识"围剿多年的我们多么需要常识。河合隼雄和日本著名建筑师安藤忠雄有过一场关于"常识"的对话。安藤忠雄以创造力超强著称，然而他说："没有常识的人不中用啊。"安藤说，如今创造性越来越受到重视，所以有人误以为不按常理出牌便是独创性，这样的人除了会给周围人带来不便之外，一无是处。相比之下，只有在生活中好好把握常识，然后超越它并做出成果，才能做到独创性。所谓常识，应该不只作为知识被了解，而是必须成为"自身的东西"。河合隼雄对此深表赞同，并且继续将话题推向深入，继续深挖知识与常识之间的微妙关系，在你刚刚不自觉地又想把常识当作知识去学习时，他当头棒喝：掌握知识地生活，和被常识束缚是两回事。

就在昨天，一条新闻刷了屏：精神病院冲击IPO，病人越来越多，住院率达96%，行业大赚钱。还听有人总结过，当世人都是"焦郁碌"——焦躁、抑郁、忙碌。每一个"焦郁碌"不妨打开河合隼雄的书，感受阅读的幸福，发现感受人生幸福之道。

电醒人心

有档电视节目叫《职来职往》，借鉴《超女》《非诚勿扰》的节目形式，来做求职主题。一个个刚出校园的年轻求职者，接受场上十几位达人（知名公司的 HR 或者 C 某 O 之类）的考试。

这节目看得我很崩溃，很多达人像是手中攥着些"模具"，求职者稍有出格，即刻灭灯。这本不奇怪，一个组织必然自有一套条条框框，我的崩溃点在，达人们对自己手中模具之信服、之坚定，到了盲目程度。

不过就是近四十年前，我们看电影《未来世界》，对里面整齐划一、全无个性的机器人世界惊恐不已；可现在，遍布城市每个角落的写字楼里，正是一些资深机器人管理着一些达人机器人，达人机器人再管理着一些喽啰机器人。他们每个人的心目中都有个最核心的芯片：服从。

就在《未来世界》拍摄前后那段日子，美国心理学家米尔格拉姆正在倾尽全力，不厌其烦地做他的"服从实验"：在不知情的前提下，被试者以老师的身份，去测试另一组扮成学生的知情者背单词的能力。若"学生"答错，"老师"将通过一种经过伪装、效果逼真的仪器"电击"学生，答错一次，电压15伏；两次，30伏……直至450伏，足以引发生命危险。

整个实验的详细经过，以及实验的诸多细节，都可以在《电醒人心》这本书里找到。这是一本米尔格拉姆的传记。实验的结果是，绝大多数被试者不知不觉地陷入假设的权威旋涡，在"学生"的惨叫声中，一次又一次摁下电击的按钮，哪怕也会有犹疑，也会有不忍。

这就是被认作现代心理学经典之作的"服从研究"，它是后来任何一门心理学和课程必定纳入的课题。米尔格拉姆做这项实验的目的，并非旨在告诉世人人类具有服从权威的天性，而是要展示这种服从倾向是多么强大。

米尔格拉姆是犹太裔，因此"服从研究"于他个人而言别有一层深意：服从与大屠杀之间到底存在着怎样的关系。他说：大家会认为，使用强烈电击伤害学生的被试者是妖魔，是社会中的极端虐待狂。但是三分之二的参与者都属于"服从"的范畴，他们代表的就是普通群众。这让人想起另一位杰出的心理学家汉娜·阿伦特，她曾研究犹太人大屠杀的主谋艾希曼，阿伦特坚持认为，艾希曼只是个平凡的官僚，坐在桌前做他的工作而已。在服从实验中，亲眼目睹数百名普通群众臣服于权威，会得出结论——阿伦特的"平庸的恶"如此接近真实，远远超过我们的想象。那些埋头分内工作、对自我角色毫无异议的普通人，会成为可怕的破坏性行为的媒介。

米尔格拉姆的"服从实验"距今已四十余年，它不断警醒世人，组织化环境已经成为现代社会的核心特征，而组织化中潜伏着一种内在的危险。按米尔格拉姆的说法，当个体"融入"一个组织架构时，这个曾经自主独立的人就变成了一个新"生物"，这个"生物"不再受个人道德观念的束缚，不再受人性的制约，其内心充满的，只是对权威的认可。

如今很多社会悲剧，都体现了个人责任如何在等级化组织中沦丧的现象，我们只需想想牛奶厂职工是如何听命于老板的指挥，将一箱箱毒牛奶送上我们餐桌的。

"服从实验"的深远意义远不止这些，不妨读读《电醒人心》这本传记，有详尽阐述。米尔格拉姆对现代社会另外一大贡献

"六度空间理论"，在书中也有触及。该理论意指，你和任何一个陌生人之间所间隔的人不会超过六个，亦称"小世界理论"——正是当今最流行的社交网络的理论基础。

原著是冰山，翻译露几分

上大学时，痴迷外国小说，证据之一是，居然不知天高地厚，翻译了一本埃利·威塞尔的小长篇。搁现在，借我俩胆儿也不敢。毕业后到一家文学出版社做编辑，当时暗下决心，好好出几本外国小说，为自己，也为众多同好者解馋。二十多年过去了，仅出过两本外国小说，一是米兰·昆德拉的《不朽》，盛宁先生自英译本转译；还有希腊作家卡赞扎基的《基督的最后诱惑》，董乐山、傅惟慈两位名师合译。雄心壮志与现实成绩相距甚远，原因出在翻译问题。

审读来稿过程中，也曾碰到很多译稿，但是看着那些早从《法国文学辞典》《美国文学辞典》上得知的文学名著竟是那般不堪入目，不得不怀疑译者的水平，进而怀疑起读过的众多外国小说，经过了一层翻译，我们到底看到原著这座冰山的几分之一？想想改革开放这么多年，好几茬儿作家都是主吸外国文学的养分，可到底吸到多少原汁原味？

马尔克斯说过："有人说，翻译是最好的读书方式，我却认为是最困难、最得不偿失、最糟糕的回报方式。众所周知的意大利谚语说得好——翻译即背叛。"

博尔赫斯自己是个翻译家，但他也说："莎士比亚作品的译文，我是不敢恭维的，因为他最本质的、最美好的东西就是他的语言，而语言又能译成什么样子呢？莎士比亚的许多词句只能是这么说，只能是这种语序，也只能是这种韵律。"所以博氏尽管酷爱莎士比亚，但他总是用原文，而绝非另一种文字背诵。

可怜的是，即便我们读这些作家对翻译问题本身的言论，仍然像是依靠一只猴子，来想象一个人的模样（忘了是谁说过，译者是小说家的猴子）。难怪汪曾祺老人到晚年，为自己年轻时候没学好英文而痛心疾首，否则，至少可以读到真正的英文小说。

近来在读《浮世理发馆》等周作人翻译的日本早期文学，忽然觉得，周氏用的办法，对那些必须通过翻译阅读外国文学的人来说，是一种得窥原著风貌的好途径，虽然这办法本身显现出极大的无奈。就是在译文后边作注。这些注解通常碎碎叨叨，东拉西扯，讲民俗，讲风土，讲人情，天文地理，花鸟鱼虫。但也正是由此，译者将他对原著的透彻理解，尤其是一些细微之处的精妙，传递给了读者。由此想到，如果每一个翻译工作者都能费点力气，做做这样的细致工作，那座隐藏在水底的冰山，也许就能多露出水面一点。

当然，这样的工作也只有真正的翻译大家才做得来，时下许多翻译，转换一道文字已经费了九牛二虎之力，作注的工作即便想做，也是"非不为也，不能也"。于是奇怪的事情出现了——还是汪曾祺，说他的《受戒》被译成英文，小说中有四副对联，他就琢磨，这可怎么译呢？看看译文，译者用了个干净绝妙的办法：把对联全部删了。

遵命创作

先讲个小故事。在出版社工作时，有天办公室来了个不速之客，说想自费出书。请他留下书稿让编辑看，他说还没写呢，"就是想拜托你们，找个全中国最有名最有才的作家来写"。

多聊几句明白了，此公幼年丧父，家境贫寒，母亲艰难地将他抚养成人。初中毕业后开始四处做工，受尽屈辱但意志坚定，终于大富。巨富只是他的特点之一，另一大特点是孝顺，如今老母年事已高，他要给母亲树碑立传。想出的书就是这个"传"。

此公还说了，你们是中央单位，能不能帮咱找找关系，请总书记题个书名，要多少钱都成。我们听了赶紧说这个真不行，多少钱都办不到。他又说，总书记不行委员长也行，多少钱？我们赶紧打岔说，还是等书稿写出来再说吧。

后来他讲了一点老太太的故事，确实感人，但"最有名最有才的作家"的要求同样难付实施。重赏问题不大，但这勇夫呢，名才兼备的一线作家，谁愿写这种遵命之作呢？

当然现在这种遵命创作也不少，大企业、大老板找作家、画家、作曲家，出题创作，只要不求"最有名最有才"，愿意遵命的人不在少数。由此上溯几十年，遵命创作呈现的是另一番形态，很多那一代的作家们，在不同场合都无数次抱怨过创作不自由。表演艺术家赵丹身逢那个时代，临终泣血说了句名言："管得太具体，文艺没希望。"

我曾想过，遵命也好，限制也罢，真比起来，当年的苏联不比当年中国好到哪里去，可苏联当年并不缺乏大作家大艺术家，艾特玛托夫这样的人尖尖，凭借他们的智慧，始终能在种种限制之中完成杰作。所以，限制、遵命只能说是事情的一方面，另一方面，文学艺术工作者们自身条件的低陋，这份限制可能更大吧？

想到这些，是因为读了一篇毛姆的长文。本来是聊康德的，其中顺带批评了那些瞧不起肖像画作者的评论家。这些评论家觉得，创作肖像画的目的，是让雇主显摆自己的社会地位或者获取名望，画这种画的人是无价值的，甚至是有害的社会寄生虫。毛姆反驳说，狄更斯就曾有过"遵命创作"，就一个他并不感兴趣的话题写书，替一位著名漫画家的作品配文，遵命的目的，纯粹只为每个月挣到十四英镑。可是凭借着旺盛的精力、源源不断的幽默和栩栩如生的人物塑造才能，狄更斯创作的这本《匹克威克外传》成了英语文学史上伟大的幽默典范。

毛姆自己有着丰富的小说创作经验，由己及人，他觉得或许正是那些不得不咬牙接受的苛刻限制，激发了狄更斯的天才灵感，让他创造出山姆·维勒父子这样的经典角色。

毛姆举完这个例子之后说："我从未听说过有哪个技法娴熟的艺术家会被创作限制捆住手脚。当一位主顾要求作一幅描绘他和妻子跪在耶稣受难十字架下的肖像画时，不论他是为了沽名钓誉还是因为信仰虔诚，画家无论如何都能毫不费力地满足他的愿望。我相信这位画家绝不会认为主顾的意愿是对他美学自由的侵犯；相反，我更倾向于认为创作限制带来的困难反倒激发了他的灵感。每一种艺术形式都有其自身的限制。艺术家越有才能，就越能自由地在限制范围内发挥自己的创作本能。"

去时间的中心朝圣

有些好看的书,看的时候过瘾,读完回想竟很难描述。比如美国作家阿兰·莱特曼的《爱因斯坦的梦》,读时如漫游仙境,掩卷回到现实世界,突然发现在当今,竟然很难描述这样一本简单好看的书。

说它是小说,既没有七情六欲的人物,也没有起伏跌宕的贯穿情节,和我们日常看的小说判若两"说"。说它是随笔,又全属虚构,和我们日常看的张家长李家短、恨不得把身边人扒层皮的随笔判若两"随"。

不妨理解成,这部小说的主人公叫时间,贯穿情节是时间的自然流淌。简言之,它是一些有关时间的、虚构的、美好的字词句。

从另一角度，可以利用作者的身份和书名描述本书。作者是个知名物理学教授，同时又在大学里兼教写作课。与此相似的是，书名里"爱因斯坦"是科学的代表，"梦"是艺术的象征。所以这本书脚踩科学、文艺两条船，鱼与熊掌兼得。

"时间"本身，即是鱼与熊掌兼得。它是科学，更是艺术。曾经去一个艺术家新居做客，因为知道她已多年没有新作问世，好奇地打探，到底在憋什么旷世之作。她羞怯地笑，拿出长长一卷竹帘。竹帘由上万个两厘米见方的竹片织成，每块竹片上，都有浓淡不均的墨迹。两三年的时间，除了吃饭睡觉简朴的日常生活之外，她每天用墨汁精心、耐心涂抹这些竹片。墨随心，心浓时，墨浓，心淡时，墨淡，心乱时，墨飞散。

看着已经长达一百多米，而且仍将未有尽时的那卷竹帘，实实在在地感受到一个叫作"时间"的东西的巨大冲击。

《爱因斯坦的梦》里，此类冲击比比皆是，比如作者写道：时间像一个同心圆，一层层向四下展开，在圆点为静止，半径加长，速度加快。因此，爹娘和儿女、相亲相爱的人，会去时间的中心朝圣。爹娘搂定孩子，再不松开；恋人相拥相吻，手臂再不挪开，再不独走天涯，再不冒险犯难，再不嫉妒，再不移情别恋。而那些稍稍离开时间中心的人，倒是动的，但是速度和冰川差不多，梳次头要一年，接回吻要千年，回眸一笑的工夫，外面已春去秋来，搂搂孩子，桥已凌空，说罢再见，沧海桑田。至于时间外围的人，孩子迅速长大，远离父母，历经苦难，时间弄皱了他们的皮肤，弄哑了他们的嗓音；情人们很快忘掉千秋万载的约定，恶言相向，分道扬镳，在这弄不明白的世界里孑然终老。

就是这样，越简单的东西越有得琢磨，也越难描述，因为它们时时处处可见，却往往被我们忽视，比如时间、速度、山水草木、花开花落……反之，我们总也忍不住低级趣味，对那些貌似复杂的人世纷争投去关注的目光。

细微背后的悲凉

法国人菲力普·德莱姆原来是个写小说的，几年前在伽利玛出版社出版了他自己称为"短文集"的《第一口啤酒》，卖得很好，所以乘胜追击，又写了一本《被打扰的午睡》，再次荣登法国年度畅销书榜。读者称他为"细微派大师"。

所谓"短文"，有点像当年拉·封丹的寓言体，还有点像时下国内泛滥成灾的专栏随笔。可是，既然德莱姆凭此赢得"细微派大师"的国际声誉，显而易见，并非简单意义上的一本随笔集。德莱姆宣称，他在做一种文体实验，尝试所谓"细微主义"，大力倡导"细微之处见乐趣"的美学主张。

都上升到美学层次了，可见有备而来。所以他会极其轻松地一语道破"短文"与小说的区别："小说是与正在度过的时间的一种关系，短文则是与人们想停止的时间的一种关系。"

概念是灰色的，只有文字之美常青。某个夏日，午睡未能合眼，随手翻开此书任意浏览，时间在模模糊糊地消磨。天气很热，整个世界像在热浪中飘浮。就那么看下去了，渐渐地，窗外汽车的声音被蒸发，忘了眼睛曾有困倦的迷离，感觉有潺潺清水在洗心，周遭一片静谧，有浓密树荫围拢过来，清凉来了。

那些不足千字的短文，写的都是日常生活里细得不能再细的事：钢笔坏了，一滴墨水洇透衬衣；网球场上，一场小雨突如其来；家里来客人，面包不够吃了；拥挤的地铁车厢，在裤腰带的高度观察近在咫尺的人……甚至细到只是一个表情：右侧的面颊微微向肩膀斜着……经过德莱姆精心的挖掘，和精到的描写，读者会像忙碌而疲惫的跋涉途中，突然片刻小憩，感受其实时时相随的明丽风景。

简洁是德莱姆最大的优点，从选材到文字，再到气氛，既准确写实又生动渲染，句句恰到好处，没有半点夸张。比如，无数人写过牙医手里那个钻头的恐怖，德莱姆是这样写的："牙钻的声音从远及近而来，顺便唤起所有的从前的惧怕"，"您突然成了这种金属蝉在时间和空间之中的俘虏"。金属蝉，因为有飞动的意象，变得如此简洁明快。是的，明快，没有明快之感的简洁不是真正的简洁，只能是藏拙的一种小聪明，或者干脆就是故弄玄虚，甚至还可能是一种干枯瘦瘪。

中国有句老话，螺蛳壳里做道场，德莱姆这些细微题材、细腻描述，很像这种情形。这也是他身处这一精细时代的不得已。好比中国的明清之际，只宜精雕细琢，"秦时明月汉时关"那般宏大意象想都甭想。不过小小贝壳的深处，也能听到大海剧烈的涛声，透过这些细微末节，一样能体会某些巨大的内容，比如德莱姆始终关注的：时间。

曾经有人问德莱姆，他的那些"乐趣"、那些幽默诙谐的意义所在，他答道：那不过是消磨正在度过的时间和排遣某种郁闷的方式。随着人逐渐变老，他会越来越缺少快乐，那么，越来越有乐趣也就极为重要。

在一篇短文中，德莱姆还说过：人们就是在紧张的现在时中积极地沟通着，其实大家都是童年逃亡者，有着一点迷惘。仔细读这话，话里有无奈甚至悲凉。不过这也可能并非作者本意所在，而是我在这夏日的午后，清凉过分之后的矫情。

埃柯的轻与重

昂伯托·埃柯是著名的难懂，我在出版社工作时想引进他的代表作品《傅科摆》，遍求意大利语翻译，人人脑袋摇得像拨浪鼓。这位世界超一流记号学专家，在小说里布满名目繁多的陷阱，别说翻译了，读一遍下来也是懵懵懂懂，身心俱疲。但他就像一个古怪精灵，愈怪愈迷人。

所幸大师也有轻松的时候，也给报刊写写专栏。都是明明白白的句子，讨论一些身边琐事，比如补办驾照、咖啡壶、色情电影、出租车司机之类。《带着鲑鱼去旅行》是这些专栏的一本合集。是本小册子，书名又这样轻松惬意，一切表征都指示着，这是一本"轻"书。

与这份"轻"截然相反，埃柯的小说一向既厚且重，本本像砖头。书名诡异，翻翻内页，打眼望去都是生冷地名人名。想当年，我最终只能将就出版了台湾的译本《傅科摆》，编稿时觉得，《外国人名、地名辞典》收录的词条忒少了。

在这轻重之间，有一层辩证关系。

埃柯的小说虽然重，但多是躲在一个犄角旯旮，斤斤计较若干世纪前某一偏冷问题，比如十字军。那情形有点像考古学家在野外挖掘现场，小毛刷子刷刷刷，仔细，钻研，小心，自得其乐。好多时候，他的小说更像学术论文，不过不是那种刻板的八股，而是一场有声有色的文字游戏。因为完全与当下生活无关，所以读这些小说仿佛置身世外桃源，被引发的，是智力游戏式的冲动。因此我说，貌似厚重，实则轻松。

这些专栏不同，它们直击现实生活，透过日常小事批评社会，嬉笑怒骂，尖损刻薄。我读此书常常脊背发凉，因为常有句子直触心肺，宛若揽镜自照，照出自己的生活有多无聊庸俗。比如刚刚连续接、打完几个没话找话的电话，就读到《罢用传真机》一文。埃柯说：我们其实每天都陷入信息的垃圾堆，传真机已经变成无聊信息的媒介，适合那些时间多得浪费不完的人。再比如，我刚刚贪恋时髦，从商场买回一个新品手机，就读到《我不在乎几点钟》。埃柯说：一块功能无比繁多，带着各种刻度的手表，就如同今天的资讯行业，因为提供了太多资讯，结果什么也传达不了。

《带着鲑鱼去旅行》有两大主题，一关于时间，二关于庸俗。我们一而再再而三地耗费时间，结果离知识和教养越来越远，反而在庸俗的泥潭里越陷越深，这是这位睿智的哲人检查出来的我们当下生活的癌。所以我说，它貌似轻松，实则重如泰山。

罗斯的选择

《遗产》的作者菲利浦·罗斯是美国当代文坛巨匠，这位犹太裔作家像他很多同胞（比如马拉默德、辛格）一样，对人生苦难有着天生的特殊关注，一直在用小说这一工具，将一块块苦难的布料，剪裁成一件件精美的衣服。

如今一代巨匠已步入晚年，不过，生老病死，他还只是到了老这一步，而他的父亲，正被死亡的阴影笼罩。

母亲去世七年之后，父亲突然脑子里长了癌。罗斯命中注定，要借父亲生命中最后一段时光，继续自己的苦难探究之旅。这次他放弃了最为擅长的小说形式，选择了纪实。这一选择意味深长。

从得到噩耗开始写起，作家只如实记录过程：接医生消息，给父亲打电话，但是想想还是当面说的好，"我相信，不管他怎样担心，让他等着，要好过我在电话里直接告诉他情况，让他孤零零地坐着在惊吓中等我到来"。仅此而已，没有渲染那一刹那内心的感受，如果那样，就太文艺了。

老人闻讯后的复杂心态可想而知，如何表达却又是另一回事。作家只如实记录过程：老人不停絮叨小罗斯如何因为急性阑尾炎差点丢掉小命、小罗斯哥哥的夭折，回想他自己过去种种疾病、手术、发烧、输血、康复、昏迷、守夜、死亡、葬礼。仅此而已，没有描写老人的沮丧、恐惧之类，如果那样，就太文艺了。

审视两代人的世界观、人生观冲突，是这一题材之下不可或缺的内容。对此作家这样写道：对父亲没有选择从窗户跳下去，既佩服又羡慕，因为自己曾经在低谷的时候，每天都想到跳楼。而父亲连做梦都不会想到这种解决办法。他只是记忆超常地泛滥，走在街上，每个门阶、每个小店，都扯出他的一堆回忆。"你不能遗忘一切"，这是老人徽章上刻的句子。仅此而已，没有设计精巧的细节、剑拔弩张抑或貌似深刻的对话，如果那样，就太文艺了。

事实是，得到噩耗时的无助，"孤零零"这个词表面在说父亲，实际是说自己，已淋漓尽致地表达。老人闻讯后，想用众多痛苦淡化自己的痛苦，那份恐惧纤毫毕见。两代人的冲突，一句"你不能遗忘一切"，再稳准狠不过。

看过太多文艺小说，包括罗斯自己的，对各种爱恨情仇有太多描写和渲染，细节、对话无不精心设计；可是对照一切如实记录的《遗产》来看，那些爱恨情仇不过是些精巧的艺术品，如同再精美的山水画，放到实景面前肯定苍白一样，文艺就是文艺，它可能适合男欢女爱，适合苦闷焦虑，适合尔虞我诈，适合世态炎凉；但是在生老病死这样的真实人生之苦面前，一切文艺化的表达都显得苍白无力。

生老病死如同一棵大树的主干，是我们人生之树唯一的主题。而男欢女爱、苦闷焦虑、尔虞我诈、世态炎凉这些东西，都是我们自我作祟、盲人摸象的幻象而已，充其量不过是人生之树末梢的几根枝枝杈杈，不值得过多浪费笔墨，更不值花心思去琢磨。罗斯写了多年文艺的虚构小说，倏忽老之冉冉将至，在这一关头选择了纪实的形式，选择了生老病死的内容，在我看来，他为自己的作家生涯，也为自己对苦难的探究画了一个挺好的句号，可以从此再不拿笔了。

别想摆脱书

遇到好书，有一种情况是越读越慢，因为舍不得读完；还有一种情况是越读越快，快速读完第一遍，翻回头再读第二遍、第三遍。如此能读到荡气回肠。

二十多年前读哥伦比亚作家马尔克斯和记者门多萨的对话录《番石榴飘香》，曾是第二种读法，最近又有一本对话录，被我照此阅读，就是意大利作家埃柯和法国编剧卡里埃尔的谈话录《别想摆脱书》。

埃柯不必多介绍，近两年读书界炽热的名头。卡里埃尔大多数人瞧着眼生，不过列举他写过的电影就全明白了：《大鼻子情圣》《布拉格之恋》《屋顶上的轻骑兵》《卡米耶·克洛岱尔》《白日美人》……他还被称为电影大师布努埃尔的御用编剧。

二人专业不同，却有共同爱好：藏书。他们珍藏的西方"古籍善本"，无论质量还是数量，就算一些欧洲国家级图书馆，也难比肩。有出版商盯上这俩一辈子都在和书打交道的老头，奇思妙想地将之撮合到一起，分别在意大利埃柯家中，和法国卡里埃尔家中，围绕"书"，痛聊。

这场痛聊适逢其时。仿佛一夜之间，这世界被"电子"冲得四零八落，人快成了自己发明的各种高科技的奴隶。具体到书籍领域，电子书行将取代纸质书的论调甚嚣尘上。书籍，这一几千年来承担着记录历史重任的载体，好像随时会被挤出历史舞台。这时两个早已功成名就、隐居山林的老顽童重出江湖，恪尽自己一份责任。

开宗明义，俩人聊的头一个话题就是：书永远不死。再一路聊下去，"那些非到我们手里不可的书""我们对过去的认知归功于傻子、呆子和敌人""虚妄所向无敌""网络，或除忆诅咒之不可能"，大处有世界观、人生观的精当阐释，能帮读者号准这个被高科技异化了的世界的脉；小处有满天繁星一般关于书的各种典故、知识。而无论大小，都以一种分外轻松、幽默的语调，不急不缓地娓娓道来，就像听外婆讲故事。

一直觉得，好书的一大特点是不拿读者当学生，跟你玩填鸭式教学；它会拿你当朋友，和你一起讨论、商议，触发你去反思自己一些早已固定的思维，进而可能就会先破后立，建立起对事物全新的、更通达自如的一些认识。《别想摆脱书》里，这类段落太多了。

比如他们讨论到"伟大的作品往往通过读者而相互影响"，说塞万提斯深深影响了卡夫卡，这大家都好接受，但说卡夫卡同样影响了塞万提斯，这就需要进一步说明了。不妨想一下，如果我在读塞万提斯之前读过卡夫卡，那么通过我，并且在我毫不知情的状况下，卡夫卡必将修改我对《堂·吉诃德》的阅读。阅读这件事，说到底，是一切书被"我"阅读，一切阅读感受，无非是那书在我心中的一幅画面。人与书的关系，正如卡里埃尔所说，"我们打开书，它向我们讲述我们自己。因为我们从这一刻起真正地活着"。也正是在这个意义上，埃柯说："《哈姆雷特》不是杰作，而是一部混乱的悲剧……不是因为文学品质而成为杰作，而是因为经得起世人的注释而成为杰作。"

读 画

很晚才知道奈良美智的大名。先是听好几个人说，我们共同的一个朋友邹倚天，当年著名的"红衣少女"，特别像"奈良娃"。我以为是夸她面嫩，像日本少女的意思。后来有一天一伙人聚会，去的那人家里有个巨大的烟灰缸，浅浅的像个盘子，盘底画着个大头娃娃，眼角上吊，一副不服的样子。我说，这娃娃像邹倚天啊。朋友们异口同声略显不屑地说，对啊，奈良美智。

知道后才发现，其实在中国，奈良美智作品早已多处可见，咖啡馆、小酒吧、小饰物、报纸杂志上的插图……好多大头娃娃造型，或是小动物，形象不一，又风格一致，冷冷的，酷酷的，不服状。乍见很容易说它可爱，仔细一想又觉得不对，可爱总是和温暖、乐观这类形容词联系在一起的，但奈良美智的娃娃和小动物，和这些词语关系不大。

不少人评论过奈良美智，从艺术角度、哲学角度、心理学角度。一来可见奈良美智备受欢迎，拥趸者众；二来可见他笔下这些娃娃、小动物看似简单，实则颇有奥妙。不过此刻我无意对奈良美智作品再作分析，只想借他这本《横滨手稿》在中国出版的机缘，再来说说关于阅读的一点个人感想。

有一种阅读，叫此时无声胜有声，比如就像读《横滨手稿》。这本书，严格划分应该归到画册类，作者交给我们的全是画，一个字没有。这也能叫"读"么？

可以。不少中国文人的笔记、日记中常有"读帖"一说，并不是指把一本字帖里的文章读下来，而是指读它的运笔、读它的间架结构、读它的气势、读它的筋骨，总之是一种更抽象的读。面对画册，当然也可以"读"。

只是这个"读"，和我们通常以为的"读"不大一样，通常以为的"读"总是文以载道、求经国之大业这类的"读"；或者学以致用，求生存之道这类的"读"；再或者茶余饭后，求八卦一乐这类的"读"……总之都得白纸黑字，必有字词句牵着你抓着你，才叫"读"，一刻不见字就不踏实。

早年去吃个饭喝个咖啡，还不时看到晒着太阳、目光涣散发呆的人。现在没这景儿了，人人一落座就抱着各种屏幕，让那些黑黑的字迅速占据大脑内存。甚至听一个朋友说，坐地铁，手边没书没报，没个字看心里没着没落的，这时身边的人手机短信声响，他下意识地脑袋就奔那些方块字凑过去了。

听不少人说热爱阅读，在豆瓣上翻看他们的阅读记录，简直吓死人，一本接一本马不停蹄，我替他们算算，基本醒着的时候，都在看方块字，本本都是最时髦的书，最热议的书。我挺佩服这些人，因为想象了一下，我如果这么阅读，大脑早崩溃了。

如今资讯超常发达，对于爱阅读的人其实有利，随时随地可以进行阅读活动。可是有利必有弊，弊处在于，我们的大脑太容易被那些方块字占满。面对真山真水的美景，居然会弃之不顾，而迷恋于网上的各种旅游攻略；面对一幅绘画杰作，我们居然会草草瞥了一眼，就去找各种文字介绍——就像有人拿到《横滨手稿》这样的书一样，不过只有十几幅画，草草翻一遍，十分钟足矣，剩下的时间，他们就扑向了 Google，"奈良美智"，Enter。OK，成千上万的方块字奔涌而至。

除了方块字，也阅读一点包括绘画、书法、篆刻这类更闲散、空灵些的内容吧，我自己的体会是，非常有益大脑健康。我读《横滨手稿》一整个下午，读完神清气爽，大脑含氧量暴增。

色彩·自缚

可能与幼时怀揣当个画家的理想有关，土耳其作家奥尔罕·帕慕克对色彩很敏感，很多作品名称中都有颜色，比如《我的名字叫红》《白色城堡》《黑屋》等。他还出版过一本书就叫《别样的色彩》，不过不是专论色彩，而是一本记录生活碎片的随笔集。他在这本书前言里说："过去我常讲，有朝一日，我会写一本碎片组成的书。这本书就是那样一本碎片组成的书。做成一本书，好把我从前试图掩藏的自我的内核彰显出来。希望读者也能这样，通过想象，将那内核组建起来。"由此可见，他是用色彩譬喻人生这个大课题。

色彩本是视觉、艺术领域的分支学科，近年来随着学科之间跨界、混搭风潮四起，渐渐成为一门宏大的学问，书店里关于色彩的书籍摞成小山，从文化到心理，到艺术，到商业，到地

120

理。对此我个人不太以为然。曾经遇到一个年轻学者，问她研究什么，说是"搞色彩的"。很新鲜，愿闻其详。她就说了：色彩里的学问大了，色彩会左右人的心情，左右人的健康，甚至左右社会经济发展……见我听得发愣，她似得了鼓励，继续往深处阐释：你看明清两朝的色，虽然正，无奈切得太过细碎，就不如唐的色，全是大块。所以明清人细弱，唐时人多健朗。

我对色彩也颇有探究兴趣，也听说色彩是门大学问，不过这一席话听完，还是不禁心里嘀咕，如果研究课题都这么宏观，动不动一个朝代一个朝代地翻篇儿，不要也罢。太宏观的话，等于废话，因为太粗，不入心。

因此，当我看到日本人原田玲仁写的《每天懂一点色彩心理学》，看到作者像孩子搭积木一样，一块块小砖头不厌其烦往上摞，摞出一本色彩心理学的趣味书，当即喜欢。

尽管书里也不乏一些类似"英国文化""骑士精神"的大砖头，比如"世界各国的色彩感觉""颜色与性格的关系"，瞧着也够庞大，不过绝大多数篇幅在介绍一些有关色彩的基础知识，以及一些实在话题。基础知识比如颜色的诱目性、反射率、演色性等；实在话题比如为什么被子多为白色和淡蓝色、为什么在红房间里待着似乎比蓝房间里待着的时间长，还比如色彩与减肥……这些，我这样的普通读者爱看。

读完这本花花绿绿的书，了解了那么多色彩的故事、色彩的理论，反而突然大脑一片黑白。五色令人盲，视觉被强烈刺激久了，出现暂时色盲很正常。想到物理学上的测不准原理——最简化说来就是，一个粒子的位置和动量不可能同时被确定，也就是说，真正地观察一个对象是不可能的，因为观察这一动作本身也在影响着观察对象。那么，我刚才都看到了些什么？红、绿、蓝无非是人创造出来的概念，但它们时时刻刻无处不在地影响着我们的生命？我们喜欢拿自己捆着玩？

至此，不妨更上一层楼来看与色彩有关的书籍。《色谱大全》这样的书，是色彩专业书籍，普通读者不感兴趣；画册一类，是色彩的艺术化，引人赞叹，但它高居书籍金字塔的塔尖，看就是了，在它面前说什么都显多余；混搭风流行的今天，色彩与心理、色彩与商业、色彩与爱情之类跨界书最为流行，原因是它们貌似与百姓日常生活息息相关，谁都可来说三道四。除此以外，还有一类与色彩有关的书籍，它们通篇都与色彩无关，但是每个字都由内而外散发着浓墨重彩。

比如《诺阿诺阿——高更塔西提岛手记》。出生于巴黎的画家高更，在他四十八岁时，逃避法兰西和"恶的文明"，来到荒僻的塔西提岛，过着世外桃源一样的生活。此书是他关于塔西提岛的笔记以及一些图画的合集。书里没有专门谈论到色彩，但是只要读进去，有一种色彩会在你的大脑、你的心里喷薄而出，是金色，是"流金与阳光的欢乐"……

飞越疯人院

1975年，多克托罗（E. L. Doctorow）出版长篇小说《雷格泰姆音乐》，因其将头版新闻与虚构小说情节糅合一处描摹大时代的特色，来年荣获美国图书评论奖。这本书被当作美国当代文学经典，列入大学文学课程的必读书目，多克托罗也自此迈入美国一流小说家行列。之后他的多部严肃文学作品陆续登上畅销书榜。

三十四年之后，七十八岁的多克托罗出版长篇小说《纽约兄弟》，仍是借一则旧新闻为由，经过虚构的再创造，引得广大读者趋之若鹜。

1947年某一天，有人举报纽约第五大道一幢豪宅里有人死了。巡警破门而入，眼前场景令人瞠目结舌：客厅里旧报纸从下到上堆成了墙，折叠床、沙发、残缺的缝纫机……各种破烂儿塞满整套房屋，几乎寸步难行。巡警在破烂儿堆里搜了两个小时，发现一具尸体，死因是营养不良、脱水加心脏停搏。经过工人两个多星期的清理，又在杂物下找到另一具尸体。

尸体是科里尔兄弟，俩人都毕业于哥伦比亚大学，二十年代父母相继去世后，他们继承遗产，守着这份家业。盗贼听闻他们家中藏有财宝，纷至沓来。兄弟俩开始安装铁栅栏，设置防盗陷阱。自己也大门不出二门不迈，越来越封闭。后来甚至因为拒付各种账单，被切断水、电、煤气供应，电话也不通。学工程、爱发明的弟弟一度拆下福特汽车引擎，试图改装成发电机。哥哥患有风湿病无法走路，视力也逐渐衰退直至于盲，食物和水全靠弟弟每天晚上偷偷外出搜罗。在外面看到什么感兴趣的东西便搬回家。

几十年下来，这幢豪宅里保存了一百多吨破烂儿。此事曾被当时媒体大肆报道，几十年来，科里尔兄弟成了心理学的"强迫性囤积症"（Compulsive Hoarding）典型案例，并作为"极品怪人"被写入小说、电影、电视剧、话剧。可是两个怪人这是为什么？他们到底经历了些什么？他们的内心世界又是怎样？

经过多克托罗的虚构、重组，这是一对颇具贵族气质的兄弟，他们喜欢宅在家中，家装趣味舒适、扎实、可靠。他们无时不在阅读，阅读趣味是爱德华·吉本的《罗马帝国衰亡史》之类。他们弹得一手好钢琴，音乐趣味是《耶稣，人类期待的欢愉》这样的巴赫清唱剧。他们被警局拘留，在"号儿"里聊流行音乐与古典音乐的区别。对大千世界，他们从不在乎别人怎么说，总有自己独特的看法。哥哥经过研究得出"替代品理论"，意指这世界所有的事情无非不断重复发生，因此他想办一份《永恒当下无日期报》。

上述这些结论是我阅读时总结出来的，作者可不会用这么蠢笨的总结陈词笔法，他把兄弟俩的性格、爱好、心理，全都埋藏在一个又一个细节里。当然，作者绝不仅只是要抒写这些细节，就如同，尽管故事原型相当诡异，但一个将近八十岁的文坛巨擘，不会仅为猎奇抒写，他是要借这兄弟俩和这桩陈年旧事，来探讨将逝的人生和生存了一辈子的这个世界。

物质富足的兄弟俩，在日常生活中体味到的是无尽悲伤与绝望，他们开始思考，我们看见的这个世界究竟是真实的世界，还是只是我们脑子里的想象，抑或这二者是一回事？盲人的眼睛和普通人的眼睛，到底谁更好一些？爱因斯坦替代了牛顿，达尔文的理论替代了创世纪，但这并不意味着有任何事比以前解释得更清楚了，黑暗仍然存在。人生永恒不变的条件是日常生活而不是死亡。

这同样是我的总结，作者可不会用如此蠢笨的宣讲式笔法。他要通过兄弟俩的对话，探讨如此两个人，到底是我们常说的败家子，还是人类的"金字塔尖"。小说里，科里尔兄弟这幢豪宅被人悄悄称为"疯人院"，不妨把这房子比作我们的肉体，里边的人比作我们的内心，那么，到底是科里尔兄弟这样的人叫疯子，还是那些悄悄管别人叫疯子的人是疯子？

闲话塞林格

自从 1951 年《麦田里的守望者》出版，塞林格红了半个多世纪。美国文学专家施咸荣曾说过，战后美国文学经过几十年大浪淘沙，至少确立了两部经典，一是拉尔夫·艾里森的《看不见的人》，另一个就是《麦田里的守望者》。

1965 年，《麦田里的守望者》有了施咸荣的中译本，不过属于著名的"黄皮书"，特供"司局级以上干部和著名作家"内部批判使用。《九故事》1987 年出了中译本，印制粗糙、译笔匆忙，但是不论出版者还是读者，无不表现得如饥似渴。对照当年人人捧读的动人情景再看今天，印得精美，译得更好，但读书人少了七八成，如此经典作品也只能蜷缩书店一隅，乏人问津。

五六十年代，中国文学批评界曾经大批特批"一本书主义"，炮火猛轰某些知名作家躺在功劳簿上睡大觉，既无心也无力写出新作。幸亏当时塞林格尚未译介过来，否则那些批评家估计也要不远万里拎来树个反面典型，因为这位老兄从第一本书走红，终其一生不过只出了四本小册子，拢共不足百万字。

物以稀为贵，虽然只有四本小册子，数量上是弱项，可也正因如此，全世界的读者对其研读之精，叫很多著作等身的作家羡慕嫉妒恨。研读至精的结果，有海量论文和无数模仿者作证，自不用我多嘴，我倒是从中观察到一个有趣现象，不妨说说。

在最忠实的"塞迷"眼中，"塞迷"是分档次的。大众化的"塞迷"只知道《麦田里的守望者》，而文化人小圈子的"塞迷"更津津乐道于《九故事》《弗兰妮与祖伊》。他们当然也将《麦田里的守望者》奉为经典，但他们觉得知道的人太多了，单迷它显不出自己的独特品位。更精深的"塞迷"们，首先从名称上把自己和普通"塞迷"区分开，管自己叫"纯麦粉"，他们超越了对现成作品本身的迷恋，精进地向塞氏作品字面背后的隐秘世界探掘，还就真掘出一个"格拉斯家族"。他们认定，塞林格所有的中短篇小说，都是在写"格拉斯家族系列故事"。

"塞迷"的三个档次划分，是个极具代表性的缩影，很多文化内容在传播过程中都会经历。很可惜的是，这一切塞林格都不会出来表态。对他的遗世独立，世间说法也是纷纷纭纭，有说故作姿态的，有说没有必要的，有说根本不屑的，还有的说他已参禅多年，境界已深，对说话写作早已全无兴趣……可能说得都对。以我个人对他的偏爱，当然希望他仅只因为最后一项，前几项的形象多少有点负面，我不愿他脸上有黑。

说到"格拉斯家族"，读《弗兰妮与祖伊》的感受很奇特。弗兰妮和祖伊是塞林格笔下精心构造的这个家族最年轻的两位，又分别是全家族最漂亮的男孩和女孩，如此两个本该代表未来和希望的角色，竟是那样孤僻、焦虑、狂躁、自我，毫无平和之相。虽然不敢乱作惊人语，说这是塞林格对世事、对将来和希望的态度；但能看得出，他对笔下这一家族，多少有股残忍在里头，像是要把亲人送上绝路。这股残忍的背后含意丰富，深究下去，也许正是解读塞林格最合用的一把钥匙。我个人至少有一点感觉：格拉斯家族普遍具有的"智慧之童情结"，在弗兰妮和祖伊身上体现得尤为突出，因为当年的辉煌，导致今天的焦虑，以及他们对知识的鄙视，对知识转为智慧的看重，还有对通过不停祷告获得顿悟甚至解脱的希冀……这些都很像塞林格自己走过的路。

斯泰因与毕加索

二十世纪初的巴黎，群星璀璨，文学艺术巨匠云集。至少曾有三本长篇散文，记述了那个年代那些人，美国作家海明威的《不固定的盛节》，法国画商瓦拉德的《一个画商的回忆》，还有《论毕加索》。

最后一本的作者，是当时巴黎最负盛名的文艺沙龙花园街27号的女主人斯泰因，与前两本描述群像不同，这本只写毕加索一个人。

前两本早被译成汉语，且不止一个译本，而三本之中篇幅最短的《论毕加索》，1938年即在伦敦初版发行，将近八十年过去，直到2016年才由东南大学出版社出版汉译本，译者是毕业于美国加州大学伯克利分校艺术史系的王咪，就是王朔《致女儿书》里的那个女儿。

王咪在一次访谈中曾经说过，可惜读到得晚，假如在伯克利读书时就能接触到《论毕加索》这样的书，会帮她更好、更深入地理解艺术。我听此话倍觉认同。我个人近年的阅读趣味，也是逐渐抛弃长篇大论的各种正史，专挑主流之外的野史看。正史大多权来衡去，何人专章、哪位专节，颇见周折，因为志在宏大叙事嘛。年轻时喜欢读，老觉得一入门就掌握个总体概貌特别重要。然而它们基本都有一个相通缺点，就是无趣，一旦过了功利的学以致用的年纪，读起来很容易不耐烦。

而像前边提到的这三本书，个个妙趣横生，大可反复玩味。《不固定的盛节》里，海明威笔下一则则文人无行的小故事，至今想起仍会大乐；《一个画商的回忆》某些段落始终印象深刻，比如作者说他第一次去马赛，看着屋顶上一根挨着一根的烟囱，觉得像是几个人聚在一起互相点头。写到这里，笔锋一转说道：后来看到一幅立体派绘画作品时，想起这景象好像在哪儿看到过，就是地地道道的马赛烟囱管嘛。画商独特的视角和情趣跃然纸上。

单说《论毕加索》。斯泰因沙龙女主人的名声太大了，毕加索、海明威、庞德、马蒂斯、布拉克、阿波利奈尔等一大批文艺青年，都是花园街27号的常客，外加她出柜同性恋者的身份，花边新闻多多少少遮掩了她的文学成就。其实将其置于整个当代西方文学史考察，也算一个颇有建树的作家，且不说著名的标签"迷惘的一代"即出自她手，在写作形式和女性主义写作范畴，她也成绩斐然。

《论毕加索》只是一部散文，不如小说、戏剧那样容易凸显文学造诣，但斯泰因的才华和写作特点已有不少呈现。她摒弃生平履历、创作年表、艺术特色这些常规套路，信笔写来，任性而自信。她基本不在意毕加索是怎么想、怎么说，只顾自己是怎么看、怎么表达。比如对于毕加索著名的立体主义，没有去考证毕加索的心路历程，而是从她女性独特的角度说：一个孩子会从极近的距离看自己母亲的脸庞，对于他们的小眼睛而言，那张脸是庞大的，通常只能看见局部，只见一处五官而不见另一处，只见一侧面而不见另一侧。毕加索感知人的头和身体，就像孩子感知母亲的头和身体。

王咪在"译者序"里，也对斯泰因的写作特点做了些梳理，比如说她喜欢在语言创新方面不断尝试，包括重复、大量使用繁复的长句式，以及创建英文时态"持续的现在时"（continuous present），还包括她在文中将动词当作名词使用，并借助动词的各种时态以及变位，等等。

美国小说家舍伍德·安德森曾说，斯泰因如此侍弄文字，是想为英语做出奉献。美国诗人威廉姆·卡洛斯·威廉姆斯说，斯泰因"使创作就是创作，不受任何干扰，摆脱科学、哲学等等无用的杂物"。这两人都是我敬佩的文学大家，我觉得他们说得精准到位。

由此又联想到，我在做文学编辑的这些年，亲眼见到不少汉语作家致力于创新，可是多在题材上求奇求新，或者在氛围营造上下功夫，少见深入到字、词、句层面探索者。而相比字、词、句，无论是题材还是氛围，都更流于表面。从这一角度说，《论毕加索》这本薄薄的非虚构作品，应该成为很多汉语作家的参考对象。兴许正因其薄、其非虚构，反而比大部头的小说更便于借鉴。

斯泰因是个作家，同时又是收藏家，深谙绘画艺术。毕加索是个画家，但按斯泰因说，自从十九岁到巴黎，结交的都是作家而非画家——"一开始，他就和诗人马克思·雅各布熟络起来，然后是纪尧姆·阿波利奈尔和安德烈·萨尔门，之后是我和让·考克托，再之后是那些超现实主义者们。"毕加索精心画过斯泰因肖像，斯泰因又来写毕加索。这种有趣的组合，使《论毕加索》有一种横跨文学与绘画两界的特殊张力，这也是这本小书最吸引我的所在，里边有些段落引我反复阅读，仔细揣摩。比如这样的段落——

画家的文学灵感和作家的文学灵感是截然不同的灵感。画家的自我意识和作家的自我意识也是截然不同的自我意识。

画家不认为他的自我存在于自身之中，而认为他的自我是画中形象的投射，他就活在他画面的投射中；一个作家，一个严肃的作家，则认为他的自我存在于自身中，他要写作必须先要忠于自我，他的书不是载体……

毕加索借助斯泰因，成了文学史上的一个独特人物形象；而斯泰因这本小书，因为毕加索，也成了艺术史的一份重要文献。说到读史，前文提到过，年轻时读书，喜欢大而全的通史，妄图了解概貌。这情形有普遍性，你看机场、车站这些图书销售的旺铺，货架上常年备有各种"大全"，《一周读懂欧洲艺术史》《三天读完古代文学史》之类，可见读书一道，一口吃成个胖子是很多人的期待。无奈现实无情，很多个三天过去了，很多个一周过去了，期待仍然只是个期待。

想了解全貌不是过错，但是绝不能读那些东拼西凑、复制粘贴制造出来的"大全"，需要找到真正的通才、大才写的这样的书。北京出版社曾经出过一套"大家小书"丛书，若干学富五车的大家，写介绍全貌的小书，效果极好。然而不是每一领域都有通才、大才写过这样的书，如果找不到，不妨挑选一个特别有趣的点，逐渐进入，再从这一点，向全貌辐射。想要了解二十世纪初的欧洲艺术史，乃至那一时代的文学史，《论毕加索》无疑就是这样一个点，它从毕加索一个人写起，串起一个时代的一大批文学家与艺术家。更难能可贵的是，在此译本中，译者善解人意地加了很多注解，把原著提及的人名、事件一一陈列，一清二楚。这些注解就像一根根线头，随便抽出一根深入，都会有窥一斑见全豹之奇效。

闲读书，读闲书

说来惭愧，题目上这几个字，竟是我一直向往的读书生活。说向往，是因为越来越难做到了。

索性不曾有过这样的日子也就罢了，但是曾经拥有，所以一想起来，就像从小康之家堕落为赤贫之人，禁不住要怀念往昔幸福时光。

那是上学的时候，经常逃课，上午睡到十点多，宿舍里的同学早在俩小时前就已飞奔教室，我在空无一人的大水房刷牙洗脸，每个小动作都荡出悠悠回声。洗漱完毕跑到图书馆，顶天立地好多排大书架间，我像个将军检阅自己的士兵。找着可心的，揣回宿舍躺着看。常常发现，可能那些书太闲了，为众人所不屑，书都簇新簇新的，书后插着的借阅卡雪白无痕。

我所谓的闲书，按传统图书分类法，就是经、史、子、集里边的"集"。前三类大多厚重、深奥，是要学以致用的，读不出闲来。就是"集"，到我这儿，还专门要挑那些边三角四的，比如唐宋笔记、明人小品。

其实现在也不读什么经、史、子，仍然读集为主，但书闲只是一方面，人不闲，读不出真正的闲。

这是个向前冲的时代，人人都在名利的旅途奔波，我也身在其中，无力挣脱。古人说，浮生难得半日闲，这话搁我这里，要改成浮生难得半"时"闲更恰当。退一步说，即便真有了闲，可消遣的场所多了，剧场、酒吧、音乐厅，这人拽那人拉的，不自觉两脚就往那儿挪了。

可在心底，还是向往闲读书、读闲书的宁静与自在。

倏忽就有今天，忙里偷闲，半躺床上读闲书，清朝李伯元的《南亭笔记》。读一会儿眯瞪一会儿，醒了继续读，舒服死了。窗外突然有暴雨倾盆而下，跑到阳台上看雨。看厌了，再回来，接着读。读到高兴处，点根烟，因为空气湿润，烟也不觉那么干了，抽着顺心。不知不觉中雨停了，天晴了，想起辛弃疾的词：千峰云起，骤雨一霎儿价，更远树斜阳，风景怎生图画……只消山水光中，无事过这一夏。午醉醒时，松窗竹户，万千潇洒，野鸟飞来，又是一般闲暇……

有时也觉得，这样贪恋闲暇有遗老遗少之气，与新时代不符，招人厌吧？而且不求上进没有斗志，读闲书能读出什么学问呢？一鳞半爪雕虫小技而已，不刻苦攻读系统学习，害臊还来不及，还好意思这儿说三道四。可是再想想，我的职业是编辑，早有前辈指出，编辑应该致力做杂家，闲读书、读闲书对我做杂家还真有帮助。最重要的是它让我快乐，这就足够。更何况有时雕虫小技里，也能读出大气魄。《南亭笔记》中记载了纪晓岚为某戏馆撰写的一副对联：尧舜生，汤武净，五霸七雄丑脚耳，汉祖唐宗，也算一时名角，其余拜将封侯，不过掮旗打伞跑龙套；四书白，五经引，诸子百家杂曲也，杜甫李白，能唱几句乱弹，此外咬文嚼字，都是求钱乞食耍猴儿。

王朔曾经开玩笑："聪明人有一个特点，就是善于把无价值的事做得有声有色，在玻璃鱼缸里游泳也有乘风破浪的气魄。"我不敢自诩为聪明人，但这话很像是在说"闲读书、读闲书"。

干吗要读那么快

网上流传过一个文字游戏："研表究明，汉字序顺并不定一影阅响读。比如当你看完这句话后，才发现这里的字全是都乱的。"

对做文字编辑的人，这游戏大概无效，反正我是刚看前四个字就发现有错。不过肯定也有很多编辑没这么细心。退一步说，就算细心，平时上网并非工作，也不会拿出编稿子的那份耐心。

当年学英语有专门的速读训练，最快速度读出大意即可。一般人的阅读，尤其是网上阅读，正是这样的"速读"。

一般人的阅读都是两种模式并存，遇到珍爱之书，生怕太快读完，就读得特别细；随便翻翻的书，只能速读，否则便有虚掷光阴之感。这是从阅读者角度来说。从被阅读之书角度而言，有的书完全经不起细读，比如时下很多畅销书，甚至不少学术著作，粗翻翻还行，待要细读会发现太水了，直想帮它拧拧干。而又有一些书，速读简直是暴殄天物，比如我刚读完的一本《方丈记·徒然草》。

这本小书据说在日本家喻户晓，因为入选高中课本，情形有点像中国的唐宋八大家吧。《方丈记》作者鸭长明生活在十二三世纪。《徒然草》作者吉田兼好比鸭长明晚一个世纪，生活在十三四世纪。前者五十岁出家做了和尚，后者也是个和尚，出家时三十岁上下。

以前读过周作人翻译的《徒然草》部分章节，没太多印象，只记得很淡、很枯，清敬和寂那套日本审美，心想怪不得周作人要译，正合他意。不过这么一想，不禁又有点怀疑是不是译者主观成分太强，影响到翻译的准确性。

去年，编辑同行高山出版了李均洋先生的此书中译本，书做得很漂亮，拿到手立刻读了。《方丈记》只一万字左右，《徒然草》也只有几万字，很快读完，仍无被打动之感。

这两天北京连日阴雨，猫在家里静心读书。无意间又挑了这本重读。不想这一读完全不一样了，突然就觉得字字入心，欲罢不能。

不想过多评论这书，我想说的还是阅读速度。同一本书两次阅读感受如此相左，主要原因在阅读速度。前一次阅读太快，像旅人只顾赶路，无暇驻足欣赏沿途美景，而这本书，字里行间美景密布，无数细节动人心魄。你若想被打动，必须有所付出，要付出的就是时间和耐心，读得慢一点，再慢一点。

比如这样的段落："清早眺望往来冈屋的船只，感到自身如那船后白波，恰盗得满沙弥风情。傍晚桂风鸣叶，心驰浔阳江，效源都督琵琶行。有余兴，和着秋风抚一首《秋风乐》，和着水音弄一首流泉曲。艺虽拙，但不为取悦他人。独调独咏，唯养自个心性。"如果速读，就是一堆华丽句子堆砌，必须细读才会读出其中不断用典——万叶歌人满誓沙弥有诗句"把这世间，比喻着何？简直就像那，朝离港划去的船，无迹可寻"，所以文中才说"盗得满沙弥风情"；白居易长诗《琵琶行》里写到"枫"，而日语里"枫"字发音同"桂"，所以文中会说"桂风鸣叶，心驰浔阳江"……如此丰满充盈，不细读如何领略？

由这案例往下想，有很多可以思考的阅读速度的问题，比如各种实用性质的阅读，大多是细读，上学读课本、公务员读文件；各种休闲、娱乐性质的阅读，往往是速读，比如读武侠、读爱情；而以审美为目的的阅读，往往是细读，或者倒过来说，恐怕也只有细读，才能达到审美的目的。

再比如，在今天这样以更高更快更强为主流价值观的社会，作家写作面临的现实之一是，你费九牛二虎之力推敲文字，使其更精练，但是读者没有那份耐心，他们反而会喜欢那些"水货"，那些多余的废字废句，正好适合了一目十行的粗心。

"速读"和"水货"就像一对黑白双煞，"速读"流行，"水货"才有市场，"水货"反过来又助长"速读"的流行。可我们干吗要读那么快？

干吗要读那么多

友人绿茶来做问卷调查，事关文学与阅读。我在答卷中说了两个意思：一、如果不是文学专业研究、创作、教育者，一辈子反复阅读几十本，甚至只有十几本文学经典，比马不停蹄读新书要有价值得多。二、文学阅读没有不可替代性，禅宗慧能六祖都不识字，照样是没几个人能比的人类之光。问卷里还问：没有文学，会不会缺少什么？答曰当然缺，缺文学。题目都说了嘛，没有文学，没有即缺。但是，什么都不缺的生命不存在，无非此消彼长。

这两层意思，是近两年由衷的感受。最早有这想法，是有一天和画家朋友去看展览，一个艺术周，很多新人新作，也有不少名家旧作。逛了小半场，觉得作品都不够好，建议撤退。画家朋友坚持要看完，说这是业务学习，要了解"艺术新动向"。

144

我说这些作品充其量也就六十分水平，不值得浪费时间。画家朋友说：你做文学出版的时候，看的那些小说稿件，你敢说都超过六十分吗？你不也需要了解文学新动向嘛。

他说得对，回想这半辈子，读了多少文学作品啊，最早热爱文学读名著，还好，一本是一本，都是硬货；后来读了中文系，就要开始按课本读，就说现代文学吧，文学研究会、创造社、新月派、新感觉派、鸳鸯蝴蝶派……其中堪称假冒伪劣者不胜枚举；再后来做文学编辑，读了数以亿计字数的稿件不说，还要关注文学期刊、文学图书，确实旨在业务学习，过后总结读过的那些，绝大多数都不值得花费时间。

也就是说，是职业使然？朋友因为是个画家，就需要广泛学习这一行业的种种。而比如我，只是观众，不在此山中，没有义务去深究，就可以只欣赏最高精尖的作品。我因为是个文学从业者，就需要广泛学习这一行业的种种，而比如画家朋友，只是普通读者，就可以只读文学金字塔的塔尖那些书，读什么创造社新月派啊，简直浪费生命。

同理，没打算成为哲学家思想家，就可以只读孔老庄，反复读；没打算成为历史学家，就可以只读《史记》《汉书》，反复读；没打算成为音乐家，就可以只听巴赫莫扎特贝多芬，反复听……何其美哉。

当然不只耽误时间这么简单，近朱者赤近墨者黑，如入鲍鱼之肆，不仅久而不闻其臭，还会"与之化矣"。这道理被反复说了几千年，老被不够好的东西包裹着，且不说要养吾之浩然之气，日常生活质量都大打折扣。

在喜欢新鲜这一点上，人人都本性难移，即便普通读者，也老想读得多一些，再多一些；即便不想当音乐家，也老想听得多一些，再多一些。贪心吧，贪多嚼不烂的贪，贪嗔痴的贪。与生俱来，想改变，必须使出超常规的力量，所以，挺绝望的。

再换个角度说说这件事。从前现在，很多人忙活打通和融合，打通古今，融合中外，打通文史哲，融合儒释道，也出了不少成果，有很多论文和专著。早年读书学习，对此不以为然，觉得桥归桥，路归路，什么打通融合的，都是妄想加瞎扯。

随着年纪、阅历增长，现在觉得也不无道理，因为书本读来读去，道理听去听来，都好比小时候眯起眼睛看万花筒，大千世界目眩神迷无穷无尽似的，剥开来看，不过赤橙黄绿青蓝紫几粒细碎塑料而已。

年轻时候看金克木先生说"书读完了"，觉得是豪言，重在表达一种态度。如今回想，原来是一句没有任何态度的老实话。只意味着，突然有那么一天，老先生从万花筒里抠出了那几粒碎塑料。

托尔斯泰完成了他最后一部长篇小说《复活》之后，把主要精力都投入到关于生活、宗教、教育和艺术等问题的思考上，在他生命的最后一年，开始写作一生中最后一部巨著《生活之路》，非虚构，全是思想札记。这部大书的第一页第一段里就说："所有民族中那些最有智慧、最善良的人在各个时代都曾有过教诲。所有这些教诲，在最根本的问题上都是统一的。"

我对这一点有共鸣。至少在人文领域，读得越多越发现，就像坐飞机一路向上攀升，云层之下或阴或晴，或浓或淡；一旦穿透云层，所有阴晴浓淡瞬间消失，什么桥啊路的，什么儒释道，没这些个分别了，只有日升月落，无限透明。"致虚极，守静笃"也就是禅宗实修秘籍，$E=mc^2$ 也就是最高精尖的哲学，也所以，代代相传下来的古今中外那么多大德轶事，说的都是同一件事，就是他们不为任何条条框框所限，无可无不可，千古八荒任意驰骋。

还是《生活之路》，有一节是托尔斯泰专门陈述他怎么看待一个人学问、知识的多少，说了好多诸如"不要怕无知，怕的是所知过滥，特别是如果这种知识只是为了获利或者自我炫耀的话"这类话。然后这个白胡子老头儿引用了另一个白胡子老头老子的话：知者不博，博者不知。你看，两个云层之上的白胡子老头"在最根本的问题上都是统一的"。

文武读书人

都说这两年读书人越来越少，显然说的是相对人数，绝对人数依然是天文数字。我私下里将这些读书人又分成文、武两类。文类读书人安分守己，要么自得其乐，要么踏实做点学问，不求闻达于诸侯，小国寡民过日子。武类读书人天降大任于斯人，志向宏伟，以改造社会为己任，所以气势强，经常四处出击，批判挞伐，烽烟四起。

这么分类，当然不仅着眼当下，也考察了古今中外，发现两类都比较典型。有意思的是，这两类人历来互相瞧不上，在文派眼里，武派咋咋呼呼，大可不必；在武派眼里，文派犬儒没出息，枉为七尺男儿。

古早时期，虽然文武两派互瞧不上，可惜没什么当面锣对面鼓的机会，也还相安无事；现代媒体发达，加之媒体一向鼓励互斗，好坐收渔利，这样的分歧愈发彰显了。及至网络时代，短兵相接，白刃肉搏，两派阵营的堡垒各自越筑越厚，越筑越实，原来只是互瞧不上的内心戏码，迅速上升为互相鄙夷，互相斥责，甚至互攻互撑，直至破口大骂。

我个人其实对两类读书人都很尊重，人各有志，性格还分内向外向呢，说到底，这和读书写文章都没多大关系，它和基因有关，所以没什么可说的。顺便由此说开去，凡属截然相反的二元对立，比如内向／外向，文派／武派，中医／西医，诸如此类，可能会永远相互鄙夷、互攻互撑下去，也注定永远吵不出个所以然。二元对立是我们捏出的两个玩偶，天天驱使着他们掐着玩，乐此不疲。

考察古今中外文武两派读书人的同时，有个意外收获，就是发现这组二元对立之外，还有第三种人。用个时髦词，暂且称之为文武"混搭"读书人吧。他们有着文派的外表，深藏书斋，博览群书，写起文章旁征博引，通常也在某一领域有着不俗成绩；但是他们同时具有武派读书人的一些特质，也常常与人互撑互攻，鄙夷更是随手拈来。与真正武派的区别在于，真武派都用明枪的，指名道姓，戳着对方鼻子骂，而第三种人擅放冷箭，对着虚空尖酸刻薄。

149

作家王朔曾经用文字画过一幅画："跷着腿，一杯茶，独坐高楼，面带冷笑，对楼下行人指指点点。看状不恭，真被问上门来，也可以不慌不忙反问一句：我说你什么了？"王朔是人精，看得透，描得准，寥寥几笔，我所说的文武混搭类读书人的形象跃然纸上。

老话说文无第一武无第二，这道理明摆着，文派、武派读书人大概无人有疑义。可是深入第三类人的内心瞧一瞧，情况稍微复杂一些。以我观察，他们理智上也是没有疑义的，但是心理是多复杂的情况啊，阴晴不定，六月飘雪，腊月阳春，都说不定，独坐高楼指点楼下行人的时候，难免指着指着，就生出老子天下第一的错觉。

上述三类读书人，对于读书的态度不尽相同。文武二派呢，相对而言还算直肠子，曲里拐弯少，所见即所得，用心比较简单。他们读书只是手段，不是目的。比如，文派目的在于一门学问的上下求索，格物致知，或者就是更简单的生活习惯、自娱自乐抵抗生活之无聊。武派目的在于经国治世，风声雨声读书声，家事国事天下事。一句话，文武两派对读书本身看得比较淡。混搭派就不一样了，他们往往是读书本体论者，他们觉得读书本身就很优越，读得比别人多、比别人细这件事本身，就足以睥睨天下。一句话，他们对读书本身看得很重。

老实说，我对第三种人比较怵头。按说，既然是读书本体论，应该更专注，更简单，更直给，然而现实中往往就他们事儿最多，交流起来弯弯绕，话说半截，没个痛快劲儿。更怕的是，他们"老子天下第一"那股劲儿涌上来，油盐不进，水泼不进，想要讨论交流，难于上青天。这类人好像也都于此有自觉，因此多孤傲，特立独行。孤傲没问题，但应该明白一个前提吧：无论如何，问题都在自己，与他人无关。不幸的是，他们的真实心理是：老子天下第一，你们不配。

读书真的只是一件平常事，要依我说，和柴米油盐酱醋茶差不多，唯其如此，读书方可真正读得懂，不枉前贤大德们点灯熬油苦哈哈写出那些文字，也才可能让读书帮助提高修养，成为人格更加健全的人。无论文派、武派还是混搭派，如果在读书这么一件小事上都要耍个性、老子天下第一，那这一起步就走歪了，将来也指望不上。

爱因斯坦说他自己曾深受叔本华一句话启发："人虽然可以为所欲为，但却不能得偿所愿。"爱因斯坦受到的启发是什么呢？他说："每当自己或他人经历种种磨难时，这句话总能给我带来慰藉，成为无穷无尽的宽容的源泉。幸运的是，这种认识不仅能缓解那种让人感到无能为力的责任感，也能防止我们过于严苛地对待自己和他人。"你看，这才是读书，以及很多事的意义所在。

读书平常事

每年年初，会有形形色色的上一年度好书评选。一些大出版社自评，一些媒体则放眼九州，全年新书悉数纳入选池。一般是邀请各领域专家学者名流，多轮筛选，结果出来，都有一场盛大的颁奖会，人头攒动，好不热闹。

热闹到什么程度？微博上有人这般描述："年关前后，各种盘点盛典太多，嘉宾不够用了，领奖人也不够用了。有些成绩和名声的机构、个人，拿奖拿到手软，你方奖罢他又颁，据说领奖者都疲于奔命，分身乏术。"

今年的颁奖大会我也去了一个，一家口碑甚好的读书媒体举办，规模恰当，会风庄重，嘉宾也都没那么红，多为教授学者，属于实力派，正合我傲娇的口味。

专门请来的 CCTV 专业主持人，开场不久，就将会场的气氛带得凝重起来，用词多是苦难、不死、坚守一类，话里话外都有读书不易，在今天读书尤难的慨叹。好在教授学者们心理强大，不受此情绪影响，或风趣幽默，或坦诚实在，个个自讲自话，都讲得挺好。不料主持人的心理之强更胜一筹，无论嘉宾怎么说，她自凝重不改。

也不怪主持人，眼下读书人都在抱怨社会环境于读书不利，似乎成了定论。尤其这一两年，互联网冲击，传统出版从业者多少体会到一丝悲壮气息，危情促生悲情。问题是，光这两年不利么？有过利的时候么？依我看，没有。古代近代不必说了，教育不够普及，不识字者大有人在，怎么可能利？好多人爱提民国，民国的教育普及程度比现在也低不少。当然，教育程度与是否利于读书不可等量视之，那么，我们的习惯思维中，判别是否利于读书的那杆秤到底是什么？

想来想去，可能是他人的尊重。也就是说，之前读书人和读书这件事，在民众习惯思维里，默认值是尊重。现在呢？没有了，至少也比原来小很多。

这么想下去有很多文章可做，不多扯了。单说那天我坐在会场，不禁想到王国维，大概要算最能读书的中国人了，读一辈子书，做一辈子学问，身前身后之名都耀目，可是据他女儿王东明说，老先生一生清寒，又不善营生，为致力于学术研究，受人济助，十分无奈。所以，他希望儿辈不要再走他的老路，能自立自强，将来的学术成就如何，总不及生活过得心安自足重要。

王国维有六个儿子、两个女儿，都听了父亲的话，没走文人这条路，选择了别的职业，有在海关的，有当工程师的，还有当教师的，基本都还算心安自足地活到九十岁以上。其中后来又生变故——次子王高明，先是听父亲话，在邮局工作，后来还是做起学问来，校释古籍，参与整理《全唐诗》《全宋词》，等等。后来赶上荒唐的年景，喝了敌敌畏自杀。

这场颁奖会之后不久，又见新闻说，中国美术学院启动首届"哲匠奖"评选，是中国美院设立的教学研创至高荣誉，获得金奖的是范景中教授。范教授在我心目中，一直是当今美术界，乃至整个读书界很能读书，也很会读书的人，他在评选会上的发言却说："我常常觉得，我总是让学生埋首学术，有把他们推向贫寒之路的危险，所以我内心不由自主地向他们道歉。"

读到这个，又忆起那天颁奖会上那份总被提起的凝重。这凝重真的也是难免啊，中国从古至今，称得上读书人的，一向都是极少数人，难免总有鹤立鸡群之感，一边傲，一边苦。这份傲和这份苦，不自觉就烙在骨子里了。如果我也高攀一下读书人，你看我的情形就明白了，开个颁奖会还挑来择去，没有网红，全是学者，就觉得甚合口味。

其实呢，对于志在经世救国者，读书当然是大事，为人尊重也是大事，但对普通人日常生活而言，读书纯属私事，别人尊不尊重的无所谓，越自然越随意才越正常。

特别期待读书这件事变得越来越轻松，变成生活中一件平常事。只有普通人的阅读正常了，更多人在日常生活中培养起阅读习惯了，更现代、更健康的经世救国才有指望，老沉浸在读书凝重悲苦之中，大概永远只会在原地打转转。

书籍的金字塔

每到年底，会有报社图书版的记者来采访，要展望来年出版趋势。我总是说，这个话题我来回答不具代表性。虽然也算出版从业人员，可我就职的出版社是个文学专业出版社，只能出点小说、散文什么的，而文学图书相对整个出版业，只是很小的一部分，轮到我头上，更是十分渺小的一个零头。

我这么说并非谦虚，这个话换个角度讲，反而有些孤傲在里头。

经常有人抱怨，说现在文学图书市场不景气，我对此倒颇有些欣喜，如今这样的市场情况，是将文学图书拉回到它该有的地位。几十年前，王府井新华书店门口，文学爱好者排出好几里地的长龙，抢购《安娜·卡列尼娜》《复活》《红与黑》，这不是什么好事，是人的正常社会生活遭到太长时间禁锢造成的恶果，为此拍手称快良心何在？

正常的图书出版，像个金字塔。塔底是那种根基牢靠、每个人都必需的图书，比如学校教材、《新华字典》《医疗保险手册》等。塔身则是一些大众化的、流行的书籍，这类书涵盖面极广，讲化妆，讲家居，讲电脑……还有那些职业教材，比如《会计手册》之类，包罗万象。这类书中，偶尔也会出现文学的影子，比如武侠小说。至于塔尖，是思想、文艺类的。不是叫上层建筑吗？它们在图书出版的金字塔中也高高在上，所以要接受风吹雨打，有点什么风吹草动，首先遭厄运的，都是它们。

因为是塔基，自然面积广，受众多，反映到图书市场的晴雨表上，就是持续高温。万丈高楼平地起，不服真不行。因为是塔身，自然是中坚力量，放眼一望就是它们，所以它们格外活跃，在图书市场，眼球效应最强。而文学，尤其是纯文学图书，因为高居塔尖，所以遭点冷落确是应该，不必大惊小怪。

最近听到一个信息，说中国人每年的阅读量都在下降，今年调查的结果是，每人每年花在购买书籍上的钱只有四十多元人民币。这个数字不知怎么统计得来的，照我看不太准确，统计的人可能只把读文学、思想当成阅读了吧。

多讨论，少结论

关心政治的人多，每天都能听到看到涉及社会公平问题的种种争论。原来还写文章，立论、论证、结论；自从有了微博，争论愈加短兵相接，立论、论证基本被抛弃，一条条结论横着甩出来，稍有不合大骂出口。

不该怪罪大家的轻浮急躁，生活节奏越来越快，有调查显示，绝大多数现代人一天之中接触到的信息量，相当于一百年前一个人七八十年的。百年前人们有时间有精力如虫御木似的思考，现代人呢，练就一身蜻蜓点水的好功夫。

连思考都来不及了？那就少发点大而无当的议论，把时间省下来读读书，看看仍在坚持思考者都思考到哪一步了，再发议论不迟。也许就发现，你的那些小发现小结论，早有人掰开揉碎都嚼成馍渣渣了，你还当白嫩新鲜的美味惊喜不已喋喋不休。

比如就来读读《公正》。

《公正》作者迈克尔·桑德尔执教哈佛大学三十年，其中很长时间都在讲的一门课就叫"公正"，据说是哈佛历史上累计听课学生人数最多的课程。很多国人对他并不陌生，网上流传着很多他讲课的视频，课堂内容也早有粉丝译为中文。

桑德尔教授是个哲学家，但他不作那种从理论到理论的思考，他总是从特别具体的社会事件出发，先把读者引入一个两难或多难境地，让你难选择。再由此出发，带你层层抽丝剥茧，深入古往今来的历史、哲学、法律长河，引发你自己开动大脑去思考，让你自己去做判断。

书一开篇，作者就把我们带入一个两难境地：佛罗里达飓风之后，商贩肆意提高冰袋价格至原来的五倍，汽车旅馆房间价格上涨四倍，房主需要支付两万多美元，才能将两棵被风刮倒的树从屋顶清除。佛罗里达的居民被激怒了，连州检察长都说，有些人在灵魂深处是如此贪婪，竟然想利用别人飓风中所受的灾难而发财。然而经济学家却表示，公众的愤怒是错误的，民众要求的是一个"正当的价格"，但这是中世纪的哲学家和神学家们信奉的准则，社会发展至今，早已抛弃了这一信条，市场经济中，价格是由供求关系决定的。对此，经济学家们也引经据典，鸿篇大论，句句让人信服。

针对如此两难困境，桑德尔并不给出任何结论，只是摆出各种可能性，以及这种可能性背后包含的深厚理论支持。如果你理解成他在贩卖学问掉书袋就错了，他的贡献在于，划定一个相对全面又不易流于空泛的范围，与你一起探讨"公正"。他说："要看一个社会是否公正，就要看它如何分配我们所看重的物品——收入与财富、义务与权利、权力与社会、公共职务与荣誉，等等。而分配方式大致会围绕着三种方式进行：福利、自由和德行。"

福利、自由、德行这三个词贯穿全书，它们就像三个起点，从不同的起点出发，就会走向不同的道路，每一种理念都意味着一种不同的考量公正的方式。

随着思考的深入你会发现，沿着单一道路行进，公正与否很好判断，可惜这判断完全经不住诘难。如果想公正地兼顾三条道路，几乎每一个两难境地，都让人无法轻易得出任何结论。至此再回到前文说到的"让你自己作出判断"，其实这个判断也许就是"没有判断"。当然，简单粗暴肤浅的那些大而无当的判断，你尽可以继续一条一条地抒发，就像我们每天在微博上看到的那些，只要你愿意继续愚蠢。

桑德尔教授在本书后记里说，他的两个儿子从能拿起汤匙的那时起，就已经开始在餐桌上讨论各种与公正有关的争论了。想象一下，真是一幅可爱的画面。我们这些成年人，面对"公正"问题，该向这两个孩子学习，多讨论，少结论。

复杂的历史

近现代史研究成了学术界与出版界的热门，出了不少著作。其中有踏实做学问的，有挂纪实文学之羊头卖胡编乱造之狗肉的。读者各取所需，喜欢看热闹的去找纪实文学，喜欢看门道的去读学问书。

形成这股热潮的原因很多，其中有两条比较明显：一、早年阶级观念盛行，研究近现代历史，尤其是研究国共同处大陆期间的历史，受政治因素干扰太大，学者不得畅所欲言。二、近年学者有资格也有条件远赴台北、莫斯科乃至全世界查询资料，加之一些新材料的陆续开放，比如前几年胡佛研究院开放蒋介石日记，这从客观上解决了"米"的问题，单看巧妇如何蒸出好饭。

接下来的问题是，这里比喻的"做饭"是个专业行当，不是任谁围裙一系都做得好的。历史研究领域有"肯定容易否定难"一说，意指一条史料就可言其有，但上百条史料也不可轻信其无。如何利用史料、分析史料得出结论，需要几十年的专业修养打底，还要成熟的世界观、人生观、价值观做宏观指导，否则搜集史料再多，照样得出错误结论，离历史真相越来越远。

比如关于解放战争中东北野战军武器来源问题，同样是占据足够史料，有学者得出当年苏军既没留什么武器，也没给予什么帮助。学者杨奎松对这些史料做进一步分析，在《读史求实》一书中得出的结论是，"苏援"极大地缩短了中共中央原先预计的彻底战胜国民党的时间表。两个结论相差甚远。

《读史求实》是杨奎松近现代政治外交史研究的论文合集，里边涉及诸多意味深长的历史问题。比如毛泽东为何放弃新民主主义？中共曾经尝试"和平土改"、共产国际对中共财政援助的历史真相到底如何？中共红军是如何打通国际路线的？以及中国早期共产主义组织的一些情况。这些问题看似微观、细节，但史实被掩埋多年。俗话说万丈高楼平地起，无论最终摩天大厦有多高耸入云，无不起于一砖一瓦，不直面当初的细弱、窘迫，乃至失败——一句话，不如实对待自己，就无法指望将来的进步。按杨奎松的话说："如果今人不只满足于听故事、鼓斗志，而是要想从历史当中发现和汲取一些经验教训，以便让自己更容易成功的话，就一定要看到历史真相。"所以这些微观、细节背后隐含的如实态度，意义远比探究一人一事的真实要远大得多。

从另一个角度说，微观、细节也是不得已，杨奎松在序言里坦言他作为一个当代学者所面临的历史性无奈——在现代科学条件下，不要说理工科和人文科学之间跨越起来非常困难，哪怕是人文科学和社会科学之间想要自由穿越，也少有可能。哪怕就是历史学科内部，不同专业之间或不同研究门类之间的沟通如今都变得很困难。今后中国再没有所谓的"大家"了，并非因为现代人比古代人笨，只因今天的学术研究环境和条件完全改变了。

未来的历史研究，也许会因为越来越微观、细节，而变得越来越复杂?

历史研究中的世界观与人心曲直

我于历史研究是门外汉，但平日喜欢读这门著作，一则对一些关心的历史真相好奇，二则喜欢通过不同学者对待历史叙述不同的态度，体会时代变迁、人心曲直。

西安事变是中国现代史一个重要转折点，所以我关心。按理说，这一微观史学领域，因为年代并不久远，文献资料留存很多，研究开始得又早，还有大量亲历者健在，应该不是太大的难题。也正因此，杨奎松教授初碰这一题目时，一位资深的张学良问题研究专家明确告诉他，有关西安事变的基本史实都已经写清楚了。但是读完杨奎松的《西安事变新探》，要在这个资深专家的结论后边加一个"吗"——关于西安事变，真的写清楚了吗？

长处有时恰是短处，关于西安事变，太多亲历者的回忆，可是如果没有更高层面的成熟历史观、世界观做指导，这些宝贵的第一手资料，反而会变成短处。最明显案例不过蒋介石关于那段日子的日记，目前可知至少有三个版本，事变后公开发表的《西安半月记》、保存在台湾"国史馆"的《困勉记》、前些年刚公开的日记手稿。其中细节差异极大，单拎出哪一条，都算第一手材料，可哪个也不可全信。

再如西安事变期间，刘鼎先生一直作为中共联络员守在张学良身边，亲历延安会谈等一系列大事，日后还担任过全国政协西安事变史写作组的组长，关于西安事变的诸多史实，他有回忆录，多年以来被研究者广泛征引以为证据。但是经过杨奎松细致考证，发现回忆录里不少疑点。

杨奎松在本书前言里所说："如果回忆资料没有当事时的日记、笔记或文献作为依据，它们通常不是那么可靠的。"这就引发了一个问题，历史研究中，如何看待所谓第一手资料。拿亲历者的回忆录来举例，回忆录写作的时代不同，作者对某些内容有意避讳，会导致片面、不严谨。

具体说西安事变，当年共产国际与中共之间的关系特殊，陕北方面不少决定受"国际"左右。而有段时间，由于众所周知的原因，这段历史曾被有意回避。再加上张学良长期被软禁这一特殊原因，大陆方面有些话不宜直说、全说，又让这段历史的细节变得更加波谲云诡。如果对这一点不予正视，当然无以得出可信的结论。

再有，回忆者的文化知识水平、人生修养程度，也会直接影响回忆录中史实的准确性。比如记载张学良当年某句牢骚话，由此断定"张以为他背了比'九一八'事变时更大的黑锅"。这里边有好几层的"言者无心，听者有意"——张说的话怎么理解是第一层；回忆者当年听到，日后再复述时的环境、心境又是一层；记录者的归纳总结是第三层。依我看，"背黑锅"这样的结论，不免显得有点家长里短，如此理解，不可不信，但也绝对不可全信。

这正是我想说的历史观、世界观问题。坚持可以完全、彻底地还原历史真相，就如同坚持认定这世界非黑即白一样，是世界观幼稚的表现。往者不可复，所谓历史真相，我们或许可以随着时代变迁，予以无限接近，却永远无法完全、彻底复原。

顺便说一句，书名中的"新探"二字，正是一种成熟世界观的体现。至于文章开头说的"人心曲折"，更是一个有意思的话题。纵观杨奎松著作中涉及引用的大量相关著作，有谨小慎微、十条论据得出半条结论的；有争当时代弄潮儿、冒冒失失一条证据得出十条结论的；还有东一榔头西一棒槌、顾左右而言他的……种种人心曲折，都在杨奎松缜密细致、据理直言的刚正不阿面前，纤毫毕见。

历史可能是什么

如果有兴趣，可以做一项研究：一个作家或学者某本著作大获成功后，紧接着的下一本著作与前者的关系。多少内在元素沿用？多少得意之处发扬光大？其中又有多少是自觉行为？多少是因别人的赞美而于不自觉中兴奋地重复？

我读史景迁的《王氏之死》想到以上问题。

史景迁原名乔纳森·斯宾塞，是当代最出名的几个中国通之一。1974 年，他的第三本著作《康熙》出版后成了畅销书，大红特红。他的前辈、费正清的第一个学生，也是"中国人民的老朋友"白修德称赞这本书说：把学术提升到美的范畴。而整个史学界也从此开始注意史景迁历史研究的修辞策略，称他文体别具一格，剪裁史料别具慧心。四年之后，史景迁出版第四本著作《王氏之死》，突然放弃康熙、曹寅、汤若望、赫德这类重要历史人物的书写，转而选择了十七世纪山东省郯城县一位普通妇女做主角，进而将"学术提升到美的范畴"这一点发挥到极致。细加考察，史景迁历史研究的这一前行过程中，一定有些有趣信息值得深挖。

《王氏之死》是本历史学著作，第二章"土地"显示了作者深厚的史学研究功底，把明清改朝换代时期山东省乃至全国的土地、农耕、税赋等问题研究得明明白白。可是，第五章"私奔的女人"等章节，又特别像小说，有时甚至是关于小说的小说，不断引用蒲松龄《聊斋志异》的故事，来书写妇女王氏的生活，故事套故事，特别像一部闹观念、闹想法的后现代小说。这一特色正是史景迁最迷人之处，不妨称为极其感性化的历史。

可能任意一本书不是偏理性就是偏感性吧，这本来没什么好说的。即便是学术研究，比如历史研究，也会有人偏理性，有人偏感性。偏理性的研究成果可能风格硬朗，筋骨稳健，但血肉稍嫌不足；偏感性的研究成果可能血肉丰满，感染力强，但细致严谨稍嫌不足，这也没什么好说的。难就难在既有筋骨又有血肉。当然，几千年前孔子就说，质胜文则野，文胜质则史，所以什么筋骨血肉兼得，也是陈词滥调。不过，说的人特别多，真正做到的人凤毛麟角。从《王氏之死》看，史景迁基本做到了。

平日读历史，收获的总是一些大而化之的宏观结论，还有一些大而无当的冷漠数字。这当然是历史书写的重要因素，不过我个人对此，总有隔靴搔痒之感。我于历史，是个普通读者，考据结论非我阅读目的所在，我最想知道的，是历史上的那些人，他们是怎么生活的，而且不是生卒何年、生平大事、年谱家谱之类的生活概貌，我想知道他们一日三餐都吃些什么、以何为生、业余时间如何打发、每日用度如何分配等等，而这些，我读过的那些历史著作罕见提及。别说明清之际了，就说这两年，盛刮半天民国风，离现代不过几十年的工夫，留下的历史，有政治经济文化各界名人的重重书写，但一个普通百姓，比如就说是山东省郯城县一个普通妇女，一日三餐如何、日常用度如何的信史，同样罕见记录。

《王氏之死》里边有，因为作者对这些内容自觉地关注。所以他才会在此书的前言里提到："让人觉得讽刺的是，对国史和县史的撰写至为周备，地方记录却多半未见保存。我们通常找不到验尸官验尸、行会交易、严密的土地租赁记录，或教区出生、婚姻、死亡记录之类的资料……"

史景迁凭借他的聪明，从一本县志、一本官箴和一本小说，钻探出一条通往郯城世界以及这世界里一个普通妇女的小路，从而复原了一段真实、生动的生活，和一个筋骨血肉俱在的人物。这样的历史书写不下什么结论，它只向我们展示，历史"可能"是什么。这样的历史著作我最爱读。

不可能完成的编造

项美丽，美籍犹太人，《纽约客》杂志专栏女作家。风华正茂的年纪，因为失恋到了上海。曾与宋家三姐妹交往，后来写过一本《宋氏三姐妹》。邵洵美，出版人，"新月派"干将，后世文学研究者又冠以唯美诗人头衔。本人容貌以帅、洋著称。大家子弟，有同样以美貌著称的发妻。上海。上个世纪三四十年代。东方巴黎。上流社会文艺沙龙。霞飞路。日军占领。跨国恋、婚外恋。鸦片。戒毒。沪、港、渝三地的奔波。

以上是《项美丽在上海》一书的概要元素，足够撑起一部三十集凄怆催泪的长篇言情电视剧。不过动了此心的电视工作者，看完全书会失望，因为它并非一本情节小说，而更像一部历史研究著作，引文压倒原创，注释盖过正文。想要凄怆的爱情悲剧，得绞尽脑汁从头编造。

说到"编",编造的编，正是我读此书的一点意外心得。

项美丽与邵洵美的爱情故事，七十年来已被编造得面目全非。据本书作者考证，一些当年的朋友在编造，一些后代研究者在编造，撰写项美丽传记的她的同胞在编造，写过邵洵美传记的他的同胞在编造；就连项美丽自己，"（在中国）五年的时光，在她九十二年的生涯中，只是短短一段，却让她写了那么多本书，写了那么多年。不过还是没能理得清她的中国之恋"。当然这是在讲恋情，但是毋庸讳言，项美丽写自己也有好多编造。接下来的问题是：我们看完《项美丽在上海》这样一本书，尽管有那么多引文和注释，那么像一本研究著作，但是得到的，会不会不过是新一轮的编造？

编造本身很正常，每个人都有自由联想和创作的权利。我要说的是，对待编造，就只把它当作一个故事，千万别自作多情，将之与事实画上等号。这个起码的道理其实很多人不明白。

常常，每个人都稀里糊涂却非常热衷参与编造、传播编造，却身在此山中而毫无省觉。所有故事中最强力焦点，便是情感。不妨静下心来反思，随着传播媒介的日益发达，每天在报纸、杂志、电视、社交网络上，你参与了多少情感绯闻的编造与传播？可是情感绯闻因为涉及的人数太孤寡，尤为私密，外人想要知道到底发生了什么，可能性到底有多大？

所以，对待一份别人的情感，你可以指手画脚说三道四，可以积极传播扩散，甚至可以跳脚谩骂，但是永远记住，你接触到的只是编造，事实真相到底如何，你根本无从知晓。项、邵之恋，其中的快乐、美丽、哀伤、苦涩、悲凉的真相，早与他们一起长眠地下，后世之人再写八百本书，不过仍是编造，与事实无关。

编造也有优劣之分。《项美丽在上海》是一部优秀的编造之作，一是因为，它对一切不负责任的胡乱传播持批判态度；二是因为，它没有标榜自己就是真相，而只是老老实实地探求真相。这样的编造态度挺好的。

一个画商的回忆

十九世纪末到二十世纪初，西方美术史上"第二次文艺复兴"。当时法国有个画商叫瓦拉德，因为生逢其时，得以接近塞尚、马奈、雷诺阿、德加、罗丹等一大批巨人。他写过一本回忆录，中译本书名很直白，就叫《一个画商的回忆》。对于美术史来说，它是一份珍贵的一手文献。

难得的是，瓦拉德不仅仅满足于卖画挣钱，按今天的说法，他还是个文艺中年，偶尔舞文弄墨，练就了一副好文笔，所以这本回忆录被我当成文学书看，居然看得津津有味。

书里当然少不了当时那些大腕的行状录，对待这一部分，瓦拉德用笔简约，草草几笔，却是稳准狠，一语中的，有声有色。并不注重文气的连贯，很少"因为……所以"这样的逻辑关系,常常以这样的句式突然插入:"有一次……"或者"有一天……"。少了几分善始善终的呆板,多了几分信马由缰的快意。

草草勾勒不假,但非杯水风波。那些貌似趣闻逸事的小东西耐人寻味。把绘画视作自己"命中注定劫难"的塞尚绝情地毁掉自己苦心经营的作品;罗丹不顾崇拜者的哀求,将其雕塑砍得粉碎……不禁要想,怎么就产生了巨人时代呢,那是整整一代人把自己与劫难连在一起,对待自己像秋风扫落叶一样无情啊。可是现在,自恋成了大众情人了。前日读报,画家范曾在文章中说自己是"奇才","有绝艺在身",还说"我的艺术终于遍列全球,为天下人瞩目"。真不好比。

瓦拉德也有点自恋的,所以这本书更多的篇幅留给了自己,写他一生的辗转奔波。写到这些内容时,瓦拉德完全换了副口气,从头说起,絮絮叨叨不厌其烦。不过读起来却并不烦,因为情趣盎然,时有妙笔。好比说他初到大城市马赛,看着屋顶上一根紧靠一根的烟囱,觉得像是几个人聚在一起,互相点头。写到这里,瓦拉德笔锋一转:"后来,当我观看一幅立体派绘画时,我想这景象我曾经在什么地方见过,这便是地地道道的马赛烟囱管。"自恋得有意思。

这种自恋合情合理,本来就是人家自己的回忆录嘛。要是光写那些大师，兴许又落个攀附名人的罪名亦未可知。

我读此书，不时想起海明威的《不固定的盛节》，写上世纪二三十年代巴黎一群文人的那场盛宴。把它和这本回忆录对照起来读，令人在艳羡的同时，追念往昔美好时光。

质感，密度

——《遗失在西方的中国服饰史》序

穿什么，是文明问题。从我们的祖先兽皮草木遮羞，直至如今的繁花似锦，是文明的进步。怎么穿，是文化问题。从我们的祖先兽皮草木遮羞，直至如今的薄露透盛行，文化前进的轨迹，单从这一点讲，有轮回之意。

无论文明还是文化，几千年来，被人喋喋不休，且愈讲愈细，愈讲愈烈，讲过的重新探赜，遗漏的重新挖掘。比如时代已经进入到"互联网+"时代，一批创作于二百多年前的中国服饰画稿又重见天日，便是眼前这本书。

这些画的来历及价值，自有出版者作专业介绍，无需我赘言。仔细翻了两天这些画，翻出一些题外话。

我记过两三年的账，日常生活、柴米油盐的账：大到网球馆包年的费用，小到一次路边停车、一瓶矿泉水。因为我想写本书，名字就叫《生活费》，从日常花销这一角度，记录二十一世纪初生活在北京的一个普通人的生活。为什么会有这样一个选题呢？这些年来"民国热"，到处见人谈论民国。我也读了不少相关文字，读得很不解气，不是人家写得不好，而是不对我不无乖僻的口味。看多了高屋建瓴，就总想了解点实实在在的细细碎碎。比如说民国时的大学教授们当时是怎样生活的呢？坐什么车出行？冬天生煤炉子么？每天吃饭是买菜下厨还是下馆子……更重要的是，民国的时候，普通老百姓的日常开销是怎样的构成？要想了解民国，不知道这些，我老觉得心里没底儿，不敢开腔。

我开始找这类书籍，找了好久，只在陈存仁等少数几个人的著作里找到片言只语。整体记录的也有，陶孟和《北平生活费之分析》，但这是一部社会学的学术著作，冰冷枯燥，可读性差。

我就想到，离民国不过几十年，竟已如此貌似熟悉实则空对空，形同路人。那么，几十年后，说不准又有几个像我这样的人，回望我们这个年代，不满于只找到"改革开放""互联网+"这类的宏大叙事，他们想知道我们日常生活的细节，可能又找不到了。所以，我来。我活在当下，既不老也不少，既不穷也不阔，在在处处一个平民，应该有足够的代表性。

这本书里留下的服饰画稿，就有点我上面说的这个意思，它们也是一本账，不过记的不是花销，而是服饰：三百六十行，工农兵学商，生旦净末丑，各色人等的服饰。尤为可贵的是，内有若干最容易被历史风尘湮没的小人物——鞋匠、铁匠、酿酒师、渔民、制桶匠、编篮子的人、碾磨工、捕蛇人……的服饰，这让我看了，内心频振。

这套嗑儿再往深处唠，无非是历史细节云云，也无甚新鲜。真的不必多说了，实打实，就是面儿上这层意思，就是想知道不同的时代，最平铺直叙、最真实还原、最生动的普通百姓的日常生活。

我们打小读书，老在强调"时代背景"，讲的都是政权交替、城头变换大王旗，可其实这些与我何干，真正的"时代背景"，是平民百姓的日常生活，知道得越细、越生动，时代背景掌握得就越有质感。

说到"质感"，又想到作家阿城讲的一番话。当年他以美术顾问的身份，协助侯孝贤导演拍电影《海上花》，是个租界妓女题材。因为是"年代戏"，导演和他都非常重视服装、化妆、道具的质感。他们在上海附近转场景和道具，又到北京买服装绣片，还鼓动朋友帮忙找老物件。阿城后来回忆说："大件道具好办一些，唯痛感小零碎的烟消云散难寻……电影场景是质感，人物就是在不同的有质感的环境中活动来活动去。除了大件，无数的小零碎件铺排出密度，铺排出人物日常性格……我的建议是多买些我们都不清楚是做什么用的小件，它们对构成密度非常有用。"

所谓"质感""密度""日常性格"，也正是我看这本书里这些画稿时，心里盘桓的几个关键词。

翻印历史

——《法国〈小日报〉记录的晚清1891—1911》序

今年早些时候，时代华文书局出版三卷本《〈伦敦新闻画报〉记录的晚清1842—1873》，开本大，分量重，定价高，一副赔本儿出精品的架势。没想到居然一印再印，热销不衰。如此编印精良的好书，市场表现如此不俗，出我预料。

这套三卷本，是出版方预谋的"遗失在西方的中国史"系列书籍打头之作，现在这系列的第二种《法国〈小日报〉记录的晚清1891—1911》又摆在我们面前。

假如我是个历史学家，最好还专治中国近代史，会从这套书的史学价值，论述其作为"它山之石"之珍贵。比如近代史专家马勇就从这类绘画的内容联想到，二十多年前中国近代史学界打破"欧洲中心论""冲击—反应""传统—现代"模式，开始从中国自身寻找历史发展的因素。

假如我是个艺术家，最好还专攻现当代版画，会从这套书的绘画艺术着手，论述其独特的艺术、社会价值。比如艺术家陈丹青就将这一时期欧洲的石印画、铜版画与今日的影像媒体相提并论，称之为"传播利器"。他说与新闻结合的版画，是社会公众了解时事的重要途径，对后来的市民社会的形成厥功至伟。

假如我是个社会人类学家，最好还有点相关收藏爱好，会从这些绘画中梳理出中国人精神面貌的有趣演变。比如台湾有个致力于收藏此类图画的秦风，发现这类绘画中的中国人，1860 年前"安详"，1900 年后"粗笨"……

可我只是个出版行业的普通从业者，只能从书籍的出版印刷角度，说点自己的感想。

这些图画的原产地是法国，在欧洲，直至十五世纪中期，由于纸张的传入，才出现了印刷书籍。当时书籍的纸张多为麻草、粗布等植物原料制成，格外耐保存。用这类纸张印成的书籍，即便几世纪过后再看，还像刚印出来的一样纸张洁净。可是从十九世纪中叶开始，人们开始改用木材制造纸张，据说这些纸张的寿命不会超过七十年，几十年后，绝大多数书页泛黄，纸张松脆，稍不小心就弄一手碎纸屑。

《小日报》在十九世纪末，每期销量超过百万，是法国最流行的通俗类市民报纸，相当于我们今天说的"快餐文化"吧。便宜到令人咋舌的定价，当然不允许选用耐久保存的纸张。所以，尽管《小日报》存世量不少，但纸张的现状决定了，它们只能是娇贵的收藏品。那么，如果还有人想看，就需要重印。

说到重印，兼学者、作家、古籍收藏家三种身份于一身的安伯托·埃柯曾经这样议论：重印会随着当代人的口味而变化——并不总是生存在现世的人才是评判一部作品优劣的最好裁判。他还说，如果把哪些书籍需要再版这样的事交给市场，是没有保障的。但是如果让一个专家委员会决定哪些书需要再版进行保存，哪些书最终要消失，结果就会更糟。比如假如我们当时听从了萨维里奥·贝蒂内利的话，那么十八世纪时，但丁的作品就已经被扔进沤麻池销毁了。

我从埃柯这些话联想到，在《小日报》出版一百多年后的今天选择编辑重印它们，里边到底包含了些什么信息？决定重印它们的机制，又是如何悄然形成并逐渐完善，以至成熟的呢？我没有结论，但我感觉从出版印刷的角度入手，有不少问题值得细细研究。

读这本书的另外一个小感想是，越是细细碎碎、柴米油盐的世俗生活，越具历史意义的耐久力。《小日报》是当年难登大雅之堂的通俗小报，书中选取的这些内容，现在回头看当然都是历史大事，但在当时，可能就如今天我们日常听到的世界各地社会新闻一样，琐琐碎碎，俗不可耐。可是你看，百年过后，跨越半个地球，还有人要重印它们，借它们还艺术的魂，还历史的魂。

摆在您眼前的这本书，是在翻印一段历史。从社会史角度说，它再现了晚清中国的一段历史；从出版史角度说，它复活了百年前的一份报纸。而此书一旦印成，本身又成了历史。还是那个埃柯，他说书籍就是记忆传承的载体，原始部落里，长者给年轻人讲祖上口口相传的记忆，年轻人成了长者，又将这些记忆讲给下一辈；而在今天，书籍就是我们的长者，尽管我们知道它也会有错误，但我们还是会很严肃地对待它们。

秋凉好读传记书

传记类图书一直是图书市场的常青树，虽然大畅销的很少，形形色色的传记却也始终傲然独占一席。

小时候看过两本传记印象深刻，一本是京戏名角盖叫天的自传。从当时名震一时的《傅雷家书》中得知此书，市面上居然遍寻不着，费尽周折，才在学校图书馆库本阅览室找到。还有一本是美国现代舞蹈家邓肯的传记，记得书里有几张插页，是青年邓肯的种种舞姿，宛若女神，激荡一颗少年的心。

很多人看传记是为励志，或者满足好奇心，我喜欢的这两本，在这两点上都差强人意，我喜欢它们根源还在无论传主还是传记的写作，都很文艺。年轻时，文艺是多迷人的一个尤物啊。

最近重读老书，读到毛姆名著《月亮与六便士》。这其实是另一种传记，里边那位特立独行、在塔西提岛找到归宿的画家，稍有些常识的人，都会从其身上看到油画大师高更的影子。不过毛姆选择了他熟悉的小说体裁来写高更，所以糅进不少自己的私货。所谓假作真时真亦假，说它是传记显然不对；说它是小说也未得其精髓。

由此想到，中外古今很多小说家，他们的长篇处女作中，自己这个原型往往迫不及待跳出来亮相，从这意义上说，很多小说其实可以当传记看。

传记大致分三种，一种是自传，一种是他人作传，还有一种是年谱。年谱又可以分成自谱、他谱两种。这三个类型，我喜欢读年谱，原因很简单，既然读传记，喜欢文艺怎么也是次一等的事情，首先还是想了解传主其人。自传或者他传，因为创作体裁的关系，往往文艺性强一些，所以写作上非常自由，这样一来，避重就轻，或者为尊者讳的事情就容易发生。年谱呢，当然也有略去不提，或者概而述之的可能，但因写作体例的束缚，往往较难如此方便地作弊。例如一本年谱中，1980年的每一天都翔实记录，着墨甚重，到了1981年就刚开头便煞尾，那样漏洞也太明显，读者那里恐怕交代不过去。

既是年谱，就不会像普通传记那样，可以跳跃，可以蒙太奇，可以详略得当。年谱要求的是，按时间顺序，逐年逐月，甚至逐日，记述衣食住行、公私各方面的交游，甚至精神变幻轨迹。通过这些排列整齐的条目，读者仿佛展开传主一生的全幅生活画卷，清晰观察传主每一言谈举止，管窥其隐秘的精神世界。有心的读者还可以通过若干蛛丝马迹，探求出一些隐藏很深的奇闻逸事。比如有好事者就通过对照鲁迅的年谱，探求出其日记中一些常用词的符号学含义。读者还可以追本溯源，以中规中矩的年谱做原材料，根据自己的兴趣所在，来一番剪切粘贴，即可拼贴组合出一条灵动闪光的独特线索。比如同样一本《毛泽东年谱》，有人读到的是领袖人格的闪亮，有人读到的是政治风云的变幻无常，但是也有人把他当成一个作家，从厚厚的年谱中，单单剪贴出一个作家写作进步的轨迹图。

年谱中还有种形式叫年谱长编，这又是年谱中最好看的。曾经精读过《胡适年谱长编》，除了胡适本人的年谱以外，还有很多相关内容做附录，简直可以当成胡适著作合集，甚至一部民国史看。近来不少人发心钩沉"文革"历史，前不久看到《万象》上一篇长文，是把周恩来、郑振铎、郭小川等人的年谱或日记作比照，同一件事，不同的视角，不同的记录，什么多余话都甭说了，震撼人心。这就是年谱长编这一形式的延展。

老书重读的日子淡淡地、默默地继续着，从天乍暖，读到炎炎盛夏，昔日曾在双手之间两眼面前盛开的朵朵莲花，被我读得重新绽放。不知不觉中天气陡然变凉，夜深人静的时候下楼走走，秋风开始扫落叶了，新一轮的枯荣又已拉开序幕。我的老书重读活动至此正好读到《弘一法师年谱》，在字里行间安静体味着传主的一取一舍、一悲一欣，周遭万籁，好似俱寂。

包书皮儿

现在的书越做越高级，不是精装也常加个套封。高级不一定就好，至少我看到的套封大多花里胡哨，没几个做得好看，所以买到这样的书，一般都把套封摘了扔了，清净。

早些年却是没有套封还上赶着要包一层。上小学时，语文算术图画常识，但凡是课本都找张旧报纸包上，不图好看，只表爱惜。那会儿报纸少，报纸上又有好多内容，比如领袖的名字、画像，犯忌讳，所以大家用来包书皮儿的选材，经常是同一张《人民日报》或者《参考消息》。课堂上哗啦哗啦一翻开，和当时全国人民一水儿黑蓝衣着有惊人的神似，也算内容和形式相统一。

后来长大些，知道爱美了，市面上挂历画报什么的日渐丰富，就开始把书包得五颜六色。会去琢磨扯哪页画报，哪面朝上，哪一截儿露出来最漂亮。在这事上花时间，丝毫没有浪费光阴的惭愧，更没有重复劳动的不耐烦。

开始大批量买书、包书皮儿，是"愤青"时代，一切以标新立异为准则，再好看的画报都翻过来白底当面。更喜欢的是牛皮纸，觉得愈显拙劲儿。拙，几乎是每一个愤怒文艺青年的偏爱。现在回想起来，其实用牛皮纸包书皮儿的人多了，所谓标新立异，只是对自己的一个反叛。跟自己较劲，拧巴自己，也是每个愤怒文艺青年都乐此不疲的差事。

一度，书柜里除了白皮书，就是牛皮纸，薄厚不一的书脊上，是自己当书法来写的书名、作者名。又一度，看到孙犁老人著名的"书衣文录"心生艳羡，也开始模仿，蝇头小楷，在书皮儿上写点乱七八糟半文不白的句子，觉得特别有范儿。

再后来青春期结束了，一天在家闲翻书柜，看那些书皮儿，以及书皮儿上的字，脸红心跳，觉出自己的画蛇添足、浅薄可笑，深感书皮儿对那些书来讲，完全是个累赘。趁无人看见默默忙了一宿，把书皮儿统统拆了扔了。

事到如今，又觉得对那些书皮儿全盘否定一刀切，也还是一种较劲，像作家的悔其少作。毕竟是自己的一份"作"，该留的留，该扔的扔，不文过，不饰非，也许是更平和明智的成熟人生态度。何况就是包个书皮儿，远远谈不上什么过和非。

从包书皮儿这件小事中，可以看出成长轨迹，也能看出心智的日渐健全，还隐含着社会变迁的一鳞半爪，挺有意思的。不过我从这么小的事引申出这么大的结论，这副寻微知著、以管窥天的架势，本身也有点像包书皮儿，脱裤子放屁。

一本残书

曾经热衷于包书皮儿，给所有藏书穿了一件纸外套。后来看厌了，又逐一拆尽。有一本例外，那本书皮有点特殊，有些褶皱，不服帖，因为里边是一本残书，撕碎过，又用胶条粘好。犹如那个俗不可耐的比喻，破镜难再圆，怎么粘都一副丑模样，已不是标准的六面体，只能留着书皮儿遮丑。

是一本《麦田里的守望者》，1983 年漓江版，定价八角三分。上世纪六十年代施咸荣先生将这本名著首译为中文，作为"黄皮书"内部出版，供"批判"用的，所以读者极少。到了八十年代，堂而皇之摆进新华书店，很多如我一般自诩春江水暖鸭先知的人，立即抢购，读而后快，逢人便聊。

当时在读高中，曾在课堂读这小说被老师没收。老师教历史，因我不守课堂纪律，当课外书没收的。他可能从未听说过这书，也没兴趣看，书在他抽屉里躺了几天后，原封不动地还回，躲过一劫。

可惜还有劫难等着它。同班有个女同学，有几分文艺气质，日常聊天中，我向她嘚瑟过这本小说。听说的次数多了，她兴致盎然要借阅，我自然乐得从命。隔了一个月不还，问看完没有，她闪烁其词。一时不禁浮想联翩，想到当时读的另一本名著《围城》里的话，说男女之间靠借书还书勾勾搭搭尽享暧昧。

事实总是一瓢冰水，终于有一天，女同学手执包着书皮的《麦田里的守望者》，特不好意思地对我说，实在太抱歉了，在家读这书被老妈发现，拿去翻了翻，说简直就是黄色手抄本，当场就撕。幸亏眼疾手快拦住，不然撕得更碎。

我接过书来打开，锁线胶订处散了架，内文书页多处用透明胶布黏合，勉强凑齐页码。心里泣血的同时，女同学继续红着脸搓着手说：我妈就是个居委会大妈，不懂文学，平时甭管我看什么小说，她都说是瞎耽误工夫。呃，还有，那什么，我去书店看了，卖没了，要不就买本新的赔你了。

今日回老宅，偶然看到这本唯一保留着书皮的书，翻开它就翻开一段尘封的记忆，当年那些透明的胶条，已随这段记忆一起泛黄了，胶条遮掩住的字迹，也和诸多少年时的记忆一样模糊不清了。不无感慨地合上书，想到我们这代人的成长环境，到如今我和我的女同学，以及那么多那么多的同学，都没落下什么太大的病根儿，实属不易。

老 书

中秋节，在家整理书柜。这是平生一大乐事，摩挲黄白不一的纸张，回忆一些书的来历，以及当年的一些阅读感受。也巧，其中有一本多年前的二手书《邦斯舅舅》，扉页上有原来此书主人的签字："××1954年中秋节购于北京"。一个甲子就这样倏忽而过了。

当天下午又赴琉璃厂逛旧书店，淘到几本当年上海译文出版社的"外国文艺丛书"，《鼠疫》《卢布林的魔术师》《美国短篇小说集》，还有当年人民文学出版社的傅译巴尔扎克《高老头》《欧也妮·葛朗台》。这些书大多于上个世纪七十年代末上市销售，定价一律不足一元人民币。那时我正上中学，国门甫开，又是心思最活的年纪，特别迷恋外国小说，这批书带来的欢乐，至今回想还很甜蜜。

这些书当年都买过，而且每一本都熟悉到如同与生俱来，能清楚地记得每一本的定价。后来生活有几年动荡，几千册心爱藏书丧失殆尽。好在随着出版业繁荣，这些又都是名著，自然就有更新更漂亮的版本行世，也都一一补买了。但是见到这些有点寒碜的老版本，还是忍不住买回家，插在一堆花花绿绿的新书丛林中，看到它们心里特别踏实似的。

检点这份"踏实"挺有趣。这些书最初让自己大开眼界，有点开蒙识字的意味，所以记忆深刻，甚至对它们产生感情，这是一方面。穷学生没钱，买本书不易，所以每买一本都当宝贝，这情形又加深了这份情，这又是一方面。除此以外还有么？有，恋旧的习性。接触这些书时正是最好的年纪，一切皆有可能的豪情壮志一直澎湃于胸，所以这些书意味着一个时代，也是自己生命的几圈年轮，还是倾心的那几圈，当然会迷恋。如今那么多人怀念什么八十年代，固然有种种明显的社会发展范畴的原因；与此同时，八十年代也是这类主流话语的发言者一生中最美好的年纪，这一因素也很明显。

再往下检点还有么？还有。

前不久去一位新朋友家做客，进门即见书房整洁大方，顿生好感。仔细打量，书柜里都是七八十年代印制的文学书，好感更是爆棚。没过两天又去另一位朋友家，此人近两年名头很响，被誉为优秀人文学者，书房倒是不小，书也极多，不过全是近十年出版印制的，当即心里对这人画了个问号。

又想到前不久热映的电影《了不起的盖茨比》，这部根据小说改编的电影，至少在一个角度非常尊重原著，就是表现了 old money 阶层与 new money 阶层的心理相对。盖茨比的年代，随着社会经济发展，新贵富人群体诞生，社会旧有阶级秩序被冲垮，新富们用钱堆垒地位，老贵们则嘚瑟"兄弟我在英国的时候"。这种新、旧心理之战，古今中外从未停歇，那句老话，"树矮房新画不古，此人必是内务府"，就是这场心理之战的古代中国版。

回到"老书"话题，也与此类似。这是我新近检点出来的较为深藏的心理原因。细想下来就觉出可笑，就七十年代和二十一世纪的书籍差别而言，短短几十年谈不上什么新旧，也不存在什么"老书"，和那些明版宋版书相比，都太"内务府"了。我呢，也三代平民百姓，与老富老贵边儿都沾不上，可就是会有这样的心理机制在悄悄运行，这其中多少也有对整个当代社会现状的评价，以及人生观价值观的选择在里头。

逛书店，淘旧书

得到老师赞助，在江南宜兴开了家书店，几个月下来运转良好，又要在乌镇开第二家。己亥大寒这天，我在窗明几净的新店挥汗如雨，上架近万册图书。不过两百平米天地，午饭前计步器显示已近两万步，这才突然感觉到老腰既酸且痛，弯腰总有几百次了吧。

劳累全不怕，只要有成果。全部收拾停当，坐稳四下打量，嘴巴咧到耳朵根儿。户外三九严寒，内心是暖春的喜悦。拍了几张图发给朋友们分享，我说正值年根儿，疫情来势挺凶，这个春节别赶热闹了，找个干净安静的书店读书过年也不错。

响应的朋友不多，倒也不在意，书架上顺手抽出本书，随便翻看。看着看着闯入眼帘一句"遥想公瑾当年"，此情此景，不禁剃头挑子一头热，瞬间思绪弥漫，遥想当年逛书店、买旧书的往事。

最早开始逛书店还在读初中，家住虎坊桥，离琉璃厂一站地，放学回家提前一站下车，晃着细弱小身子骨儿扫街逛书店。上世纪八十年代初的琉璃厂破破烂烂，可是比起现在的豪华，显得有文化。东街把口处的中国书店、西街的古籍书店，店面大但历史不长；邃雅斋、来薰阁之类也卖书，店面虽小，可都是百年老店，随便哪家的顾客名单列出来，小半部中国现代文化史。

当时我正倾心于书法篆刻，读书也贪恋中国古代文史哲，这两项爱好和琉璃厂的氛围完美相融，所以不只平时放学顺道去逛，周日吃完午饭，嘴都顾不上擦，直奔琉璃厂，在书店一泡一下午，常常泡到物我两忘。

高中时代太叛逆，学习成绩极差，由此恶性循环，对上学一事愈来愈抵触，旷课逃学成了家常便饭。学校在灯市东口，守着一家中国书店，是旷课时的主要去处。书店里间屋是旧书收购部，因为常去，和值守在那里的老先生相处甚欢，从他嘴里听到过无数书和人的掌故。

大学四年，平均每个月会把城里书店逛个遍，明面上的东单、西四、隆福寺、新街口，偏门儿的北魏胡同、社科书店、六部口邮局……现在的年轻人会奇怪，为啥要逛那么多家店？虽然当时没有网购之便，就没一家大而全的店，比如现在西单图书大厦那种的，一次性采购么？也有的，王府井新华书店品种很全，不过当时逛书店的目的，新书固然不忍落下，更要紧的是，常逛的这些书店往往另设旧书经营项目，常逛常新，淘旧书的乐趣远远大于买新书。比如我就曾经一毛钱淘到精装本顾炎武的《京东考古录》，两毛钱淘到《马尔克斯中短篇小说集》，三块钱凑足一套十卷本中华书局版《史记》，除此以外，不时还能淘到名家签名本，施赠者与被赠者的大名小学课本上就见过。

说不清具体何时开始，书店逛得少了，至于淘旧书，基本戒断了，其中心路历程，在这个书店即将开张的日子里回想起来，开始还有点朦胧，想着想着，就纤毫毕见。

客观上讲，市场经济带来出版业爆炸，新书如山洪决堤，再没有找不到可看书的苦恼了。主观上讲，一是有钱了，买书再无负担；二是旧书毕竟不如新书干净整洁，从卫生角度而言，淘旧书的危险系数大一些。

不过这是冠冕堂皇的说辞，有点打官腔，真正原因出在心理上，是被旧书的现状伤了心。

以前旧书的来路，是卖家新书读完出售，换点钱再买别的书，交易纯朴自然，不带杂质。现在不同了，旧书成了赢利工具，很多人淘旧书是为了倒买倒卖。我知道，和柴米油盐一样，书也是商品，这没错，但我不喜欢。

以前淘到的旧书里，好多小情小趣。原主人压根儿没想过要卖，书上勾勾画画，或者一时兴起的种种批注。翻检这些书，透过这些附加内容，猜想原主人的相貌品性，是一大乐趣。现在的旧书千篇一律，干干净净，跟新书没区别，很乏味。我知道，读书人都讲究敬惜字纸，以干净整洁为荣，以乱写乱画为耻，这没错，但我不喜欢。

以前淘旧书，一两年淘不到一本名家藏书，或是作者签名本，现在旧书市成捆兜售这样的旧书。乍看欣喜，仔细想背后的故事，会伤心。单是我听到的，书贩子买通某教授家保姆，偷了教授一辈子珍爱的藏书；藏书家临终前嘱咐儿女要把书捐给某图书馆，可是老人咽气后，儿女们把书分期分批卖到了潘家园。我知道，市场经济时代，逐利为第一要务，不足大惊小怪，但我从此对淘旧书一事伤透了心，再不沾这事。

风水轮流转，当年逛书店、淘旧书时，哪里会想到有朝一日我也开起了书店，也会泡杯茶守店，眼见像少年的我一样的少年，在书架前怡然自得，物我两忘。那么，当年我逛书店时，店主看到少年的我，也会有那么一刻，思绪弥漫，回想他逛书店、淘旧书的往事吗？想至此处，窗外天已全黑，店里四处的灯不知何时被何人点亮。

两箱书

有几年心不定，生活动荡，老也安不下个家。人苦不算，连累一些书跟着颠沛流离。其中有两整箱书一直没拆封，一箱"金庸全集"，一箱"百年百种优秀中国文学图书"。前者是从小到大的喜爱，后者是我参与策划、组织编选的一套资料，有实用价值。它们先是被我藏在办公室一角，后来怕人误拿，又寄存在一个资料室，又从资料室运到借住处，还差点从北京的借住处寄到另一个城市的借住处。

每次在不同的书店看到这两套书，会心头一紧，想到那两箱书原本系出名门，光明正大，生生被我害得好像见不得人，始终憋屈在阴暗角落。

像要了却一桩夙愿，后来搬家第一件事就是买了书架，择了个风和日丽的晴天，洗净双手，将两箱书拆包上架。手下动作小心翼翼，心头却酣畅淋漓。飞雪连天射白鹿，笑书神侠倚碧鸳，《官场现形记》《死水微澜》《四世同堂》《红旗谱》《白洋淀纪事》《棋王》……一轴文学长卷在眼底逐寸展开，我一一摩挲它们，像农民秋收季节捧起颗粒饱满的庄稼。

挨个儿并排插好，坐在一边仔细端详，突然觉得这两套书很有象征意味，"金庸全集"象征闲散的日常生活，"百年百种"象征致力的事业。这种不着四六的胡思乱想，只是一瞬间心思的出离，很快人就恢复常态。不过从中发现自己仍然会为书籍而喜悦，一丝欣慰从心尖闪过。

买书、出书、编书、写书，和书打了半辈子交道，对于书这东西渐渐有点麻木。年少时天天幻想坐拥书城，与书籍相伴而老。不知何时起，觉得那样的生活也就那么回事，没多大乐趣。后来甚至认为，人一辈子大可不必读那么多书，尤其是诗歌小说，里边过于纷乱激烈的情感，看得太占脑子，容易招人疯癫。坐拥书城本是为求心清净，可往往越读越不清净，愈行愈远。

这次拆箱上架的这份喜悦，很像成年了却突然从一幢老屋的犄角旮旯找到儿时心爱的玩具，那情状里包含很多复杂因子，很难一两句话讲清楚。既讲不清，索性不讲。一辈子讲不清，也不见得就是个坏事。一切皆有因缘，这两箱书如果早拆，说不定早已七零八落，没拆也有没拆的好处。不拆，不露，以及今天的端立书架之上，都是这两箱书与我的缘分。

两箱书拆封上架同时，也从藏书里择出一两百本书，可巧也足足撑满了两个纸箱，是要准备送人、捐赠，或者干脆当废品卖的。偶尔深夜在电脑前穷忙一气后，抬起脑袋揉揉眼睛休息休息，会看到它们，也会想起它们和我相识相处，共在一个屋檐下的日日夜夜、琐琐碎碎，越来越少无端的百感交集，只是会想，缘分已尽，该走就让它们走。

该来来，该走走，这么简单的话，蕴涵着最朴素简单，却也最深不可测的道理。很多人嘴上可以轻易地随时提及，但一辈子到头也未认真践行。我自己就是这样的人，还是这次搬家，发现留存了太多过去日常生活的零碎见证，一张废弃的火车票、举家搬迁的飞机行李清单、早已洗不出原本颜色的杯子垫，还有数不清的精心收藏的筷子架……恋物癖的外表下，其实是对生活的态度犹疑不定、模糊不清，跳出来看，是被早已随风而逝的人和事纠缠。

书的敌人

水和火是书的天敌，自古以来，藏书楼对水火都有严密的防范措施。既是天敌，总有厄运逃不过，古来书籍受厄于水的事，多见诸史书。

《隋书·经籍志》："大唐武德五年，克平伪郑，尽取其图书及古迹焉。命司农少卿宋遵贵载之以船，溯河西上，将致京师，行经砥柱，多被漂没。其所存者，十不一二，且目录亦为所渐濡，时有残缺。"

《旧唐书·经籍志》："后汉兰台石室，东观南宫，诸儒撰集，部帙渐增。董卓迁都，载舟西上，因罹寇盗，沉之于河，存者数船而已。"

大千世界，最奇妙莫过于相生相克周而复始，书遇水火，也会有截然相反的情况发生，水也能生出书。最著名的当然是"河出图，洛出书，圣人则之"。据说图书一词即源于此。

还有一个著名的水生书的故事：崇祯十一年，苏州大旱，承天寺下决心淘竣一口旧井。居然在井底发现一个铁函，里边是藏了三百多年的《心史》。这一奇书重见天日，惹得后世众多学者穷究不止，至今学术界仍对此书真伪争论不休。真伪且莫管，对书内容本身，一律评价甚高，就连一贯心高气傲的鲁迅，也曾抄写《心史》里的诗篇送给亲朋好友。

无独有偶，井中出书的例证还有，1996 年长沙一个建筑工地的施工现场，也是一口古井里，竟然出土十七万片简牍，考古学界轰动一时。考古专家证明，它们已在井下埋藏了一千七百多年。

一水一火，都会与书相生相克。"相生"当然是求之不得的好事，怕就怕"相克"。不过水火再克，也克不过人。

人为的文字狱，一直伴随着人类苦难的出版史。更早不必说了，单是清代，文字狱就多如牛毛。几年前在琉璃厂买过一本旧书《清代禁书总述》，五号字，五六百页。待到有清封建王朝灰飞烟灭，文字狱还不算完，到了现代，此种悲哀仍有发生——

1980 年出版陈寅恪先生的诗，还要躲闪腾挪，违心作假。初版《寒柳堂集》的"寅恪先生诗存"中，有一首《丙申六十七岁初度，晓莹置酒为寿，赋此酬谢》，腹联二句为：平生所学供埋骨，晚岁为诗欠□头。页末编者注云："按诗中脱一字，以□代之。"同年出版的《柳如是别传》"缘起"中，这两句诗又变成了"平生所学惟余骨，晚岁为诗笑乱头"。并无脱字，但已被窜改得完全读不通。什么叫"惟余骨"？什么叫"笑乱头"？直到 1982 年，《寒柳堂集》重印，这句诗才终于恢复原貌："平生所学供埋骨，晚岁为诗欠斫头"。

我想说的是，书籍是由人一笔一画创造出来的，但书籍最大的敌人，正是人自己。

不敬惜字纸

从小父母教育要敬惜字纸，不过现在回头想想，小时候那些有字的纸，其实不太值得敬惜。前几天过生日，有个朋友费尽心思找了一张我出生那天的报纸相送。看在我生于江苏的分上，专门找的《新华日报》。

和当今报纸的花花绿绿不同，那张历尽风雨早已泛黄的报纸上，图片少得可怜，还真是一张地地道道的字纸。翻翻内容，满篇有点像《小二黑结婚》里新凤霞唱的那样，"他帮助我，我帮助他"，不过用的都是揭发、批斗方式，好不热闹，活像人间地狱。这样的字纸，如何敬，又怎么惜？

八十年代初，仿佛一夜间，大批中外名著得以重见天日。恰逢我也到了开窍读书年纪，像饿极的人突然被领到一桌山珍海味面前，不分青红皂白，一通狼吞虎咽。现在反思，这就好比用一次性塑料杯喝了顶级大红袍，暴殄天物，是另一种不敬惜字纸。该好好珍爱的极品，囫囵倒进肚子里，茶香未及嗅，茶韵未及品，悔之晚矣。

现在上了点年纪，人闲了，心也闲了，敬惜字纸的时机似乎已成熟，却发现值得敬惜的字纸，被千万吨垃圾掩埋，想要刨掘出来真不容易，因为那些垃圾也都乔装打扮成我们必须敬惜的模样。

垃圾也分不同形态，明显的垃圾比如满街散发的小广告。一些少年，在红绿灯前几溜汽车队伍里穿梭，手攥厚厚一摞小卡片，往每辆车的雨刷器上别一张，动作还很优雅。真的要算优雅，相比而言，那些混迹各个停车场的少年就更过分些，他们算准了车过窗口要交费，必开车窗，你一开窗，立即成摞往车里撒。有一哥们儿抖机灵，窗只开了一条缝，以为可以躲过，不料想，这位得了更高层次的洗礼——天女散花。他忘了关天窗，少年发现了。

指责这些少年是搞错了方向，该挨骂的是这些字纸的制造者。不过，这些垃圾制造者还算好的，至少直白浅显，明摆出一副垃圾嘴脸，任由你骂。更多的垃圾，抹了厚厚的粉，假装精神文明。

越来越多的城市，举办越来越多的全国性书市，我因工作原因几乎悉数到场。早几年在自己摊位前值班之余，会有兴趣在场内转转，遨游书海，其乐何如。近几年这习惯被彻底压抑了，值班时呆坐，下班立马走人。并非喜新厌旧热情丧失，而是满场的重复出版、假冒伪劣，三五个王朔，七八个金庸，还有不计其数的外国名家，真叫李逵到场，恐怕李鬼多得捉不过来。一时间神经错乱，以为置身堆满臭鱼烂虾的垃圾场。看着那些渐趋精美的纸张，被印上各色形体的垃圾字，那份心情不是心疼两个字概括得了的。

再往下说，即便不是假冒伪劣的字纸，形迹可疑者亦是甚多。就拿文艺来说，每年那么多新人要当作家，兢兢业业创造一些黑字，印在雪白的纸上，可究竟几多值得去敬去惜？就便是享誉一时的文艺名著，究竟又有多少能够流芳百世？怎么知道几十年后，又一个过生日的人得到一本字纸礼物，不会又感叹如何敬、怎么惜？

说到底，就算流芳百世了，亿万张那些纸看下来，看到了什么？多愁善感、敏感细腻、叽叽歪歪、怨愤不定，无外乎几个字：生老病死，怨憎会，爱别离。可是他们会像白骨精一样，不停地幻化成老汉、老婆婆、小女子，来迷世人蒙昧的双眼，哄我们在永无出离之日的境域苦中作乐，还不自觉。

从此不再盲目地敬惜字纸。

吵架·京派·海派

一次在一个老作家那儿聊天，聊的时间有点长，我俩又都是烟鬼，他家的藏烟也恰好见底，愣被抽得一支不剩，一同下楼去买。

烟店前一堆人正吵架，左右不过是些鸡毛蒜皮的事。我因牢记鲁迅教导，坚决不当"帮闲"，避之唯恐不及。不想老作家一个箭步冲上去，一头扎进人堆。我当时一惊，因为在我看来，这个这个，实在与他老人家身份不符。

老人家好像看透我的心理活动，撇嘴一笑道，想起鲁迅了吧？我告诉你，我就爱看人吵架，这一点都不丢人。不过要会看，会看就能看出好多意思来。跟念书一样，会念，才能念到字面后的意思，不会念你就不是在念书，而只是在念一些词语。

今天想起这段往事，是因为读了一本书。一位学者钩沉七十年前文坛一场大架的诸多史料，结集为皇皇巨著。想想他钻进钻出图书馆，浸淫于陈芝麻烂谷子中的那副模样，和当街冲进一堆吵架人群，还真有点神似。他就算会看的一类吧，因为他从这场吵架中，看出不小的意思。

1934 年年初，一群文人为"京派""海派"吵过一场大架。战场设在当时的多家主流媒体，以《申报·自由谈》为主。参战的主要人物有鲁迅、沈从文、徐懋庸、师陀、胡风、曹聚仁等多位名家。这位学者在此书后记中总结："海派"作为对上海风气、上海"味道"的一种说法，多年以来已被说得歧义丛生、含义丰繁，它显然已成为有关中国"现代性"的一个关键词，或许可以通过对它的梳理爬清，加深对上海，乃至中国的文化命脉、现代化进程的理解。

是不是有这么严重不敢说，"京派""海派"这一对词语倒是沿用至今，而且大抵说来，仍是"京派"瞧不上"海派"，这点始终不变。好比前两天看到北京的资深"贫家"王朔"贫论"上海"贫家"小宝的一篇旧文，虽然从头至尾尽是夸奖，却有不少看扁的蛛丝马迹可寻。比如他说上海人，夸人不愿意，骂人也不愿意，就将冷嘲热讽的功夫发挥到极致。

看吵架要会看，吵架的人更得会吵，不然就成街头泼皮、里弄大妈了。通览这场论战的前后文章，还是鲁迅最会吵，有深度又有高度，句句似匕首似投枪，切中要害。

有意思的是鲁迅的态度，他在这场混战中表现得异常兴奋，一连气儿写了好几篇，换着各种名字在《申报》发表。与此同时，又能看出他的矛盾心态——他是看得开的，不过虚妄一场，争论没有意义，所以话就说得特别不耐烦。他说："要而言之，不过'京派'是官的帮闲，'海派'则是商的帮忙而已。"是不是有点像挥苍蝇、赶蚊子？吵什么吵！一丘之貉！但是事到临头，还是兴奋。

生活中好多事都这样，明明觉得不好玩，明明觉得不耐烦，明明是虚妄一场，可老忍不住凑个热闹、评评道理。事一关己，还会兴奋，甚至雀跃。这个说起来都是人的本能，不必奇怪也不必自责。关键怎么上一个层次说话。依我看，就是那个老作家的一个"会"字。会吵，会看，就能吵出意思，看出意思。

文人谦虚的背后

重读沈从文的《花花朵朵坛坛罐罐》，在仅有的几篇非文物专业文章里，再次看到他那句名言：我是一个没有读过书的人。这是一句实话，也是一种谦虚，却不仅止于谦虚。

看过一篇文章，盛赞作家茅盾虚怀若谷，举的事例是，作为第四次文代会代表，茅盾本人需填写一份履历表，姓名别名曾用名、主要经历、主要作品之类。他填得非常简单，"有何著作"一栏只写了"子夜"二字。这篇文章的作者于是感慨，一个著作等身的文豪，竟对自己如此严格要求，比起那些小青年恨不得把履历表填得水泄不进，真是越有成就的作家，越是谦虚呀。

我看这位老兄仅知其然，未知其所以然。

我刚到出版社工作时，醉心于上个世纪三四十年代的旧报刊，每天在里边钩沉，自得其乐。钩沉的收获之一，是考证出钱锺书用五花八门的笔名发表的十几篇旧文，于是给钱先生写信，详细罗列这些文章的出处，请他核准我的考证，进而请求将这些篇章结集出版。那个时候，《围城》电视剧还没播出，钱锺书的名字还不像今天这样妇孺皆知，所以我这一举动少了畅销的概念，也就没有传统文人向来嗤之以鼻的铜臭气，当然志在必得。可惜钱先生很快亲笔回信，说考证无一有误，不过说到出版就算了。一点商量余地没有。

有段时间，因为要出阿城的几本书，与他过从较密，时常相聚谈天说地。一次说起东京帝国大学出版社出他的书，包装之豪华精美，令人叹为观止。阿城眨眨眼睛说，包装过火了，明明是擦脚脖子的香水，偏要擦在腋下那么高的位置。

沈、茅、钱、阿这样一路下来，好像凡有成就者，必有如此谦虚谨慎之美德，但我觉得这仅仅是个"其然"，背后还有"所以然"。这个"所以然"就是老了。称之为成熟也行。

老来看淡名利，凡事只求省力省心。过去著作再多，不过朝花一场，再来夕拾意思不大。干吗要填那么多名称，该知道的自然知道，不该知道的也无所谓。说得严重点，这里边甚至是有些不屑的成分，既然不知道，道不同不相与谋。同理，早已达到腋下的高度，何妨自贬到脚脖子一回，老被你们擦在腋下，也有点烦。

这是一种世俗成功者的心态，成功带来心态的平和，傲气已嵌入骨子里，嬉笑怒骂率性而为，却于不经意间成了文章。有好事者如我，如那篇文章的作者，就来说东道西。可是与此同时，你不觉得，就在这一点点不屑、一点点傲气、一点点图省事的背后，他们有一点点世故，有一点点黯然吗？相反，年轻人要把履历表填满，我倒觉得可爱、积极、跃跃欲试、有朝气。虽然你也可以把这些称之为幼稚。

文人骄娇二气

今日美术馆有一场别致的书画展，名叫"梦笔生花"，展出莫言、阎连科等小说家，以及芒克、欧阳江河等诗人的书法与绘画。展览宣传很成功，引发不少讨论，有人觉得是文人瞎凑热闹因而贬低，有人觉得文人字画自有一番情趣而赞扬。我这两年也用毛笔写写字，得主办者厚爱忝列其中，不自觉地会留意这些讨论，也借此想了想文人和文人书画这回事儿。

先说这个展览。在我看来，这是更偏于时尚或者说剑走偏锋的一个展览，更像一场文人雅集，参展者和看展者在寻找一种趣味，并不志在体现绘画、书法艺术的专业性。它的意义可能在展出的这些作品之外。

对于策展者而言，在艺术品价格空前高涨，整个社会网红当道的大环境之下，选择这样一个已归类到小众的人群，来做一场书画展，算一个好点子。

再说"文人"。通常所说的文人，还是偏向于传统文化的。一般说来，好像会把接受西方知识体系教育的人称为知识分子，而不叫文人。文人还是偏向于有一种传统文化情怀，追求琴棋书画等传统趣味的那一群。文人追求趣味可能比追求内容要重要得多，有古趣或古意。

文人最大的特点是骄、娇二气，这一特点绵延几千年，根深蒂固。就是既特别骄傲又特别娇气，老是一股不服不忿的状态，老要说点什么，反正就不服。都会对名利欲拒还迎，甩出一副特别排斥名利的样子，实际心里边又经常惦记名利，不管挣多少钱当多大官。我要声明一下，我看这些算不上毛病，就是特色。

当然，不变中也有变。不变是从文化角度而言，变是从文明角度来说。随着文明进步，生活环境、生活质量都会有很大区别，现在的文化人相对来说更国际化，就是说，有一个庞大的文化参照体系。在这参照系下，每个人的心胸可能会稍微地起一些变化，不一定是更大，全球化的大坐标，也可能让一个人心胸更狭窄。

文人书法、绘画，都是兴之所至，顺手为之，虽然也有孜孜以求者，多数还是业余为之。也正因此，艺术门类那么多，音乐、舞蹈、雕塑，等等，文人鲜有触及，因为那些门类的艺术，对专业性的要求相对较高，付出的时间体力更多。书法绘画则容易得多，笔墨纸砚，俯拾皆是。再有就是，书画的呈现和展示方式，也更简易方便。总之，书法绘画是文人们闲情逸致的一个方便出口。

回过头来说闲情逸致，重点当然在"情"和"致"上，不在于你干什么。比如有一年夏天朋友们到我家里来玩，我站在阳台感叹吹来的那股小风太舒服了，有个朋友当时就蒙了，他不明白阳台上的这股小风为什么就能让我开心成那样。如果始终怀着开放的心态，对很多事情感兴趣，愿意为一些不那么功利的事情投入，这就是闲情逸致。

读字典

好像哪个领袖说过，谁性子躁，就让他去编字典。可见编字典是多枯燥的事，能把人磨得溜光圆滑，彻底没了脾气。

多年前，电台有个访谈节目颇受文化人欢迎，叫《孤岛访谈录》，让嘉宾设想将去荒岛度日如年，只能带一本书，会带哪本。话题由此展开。这节目没找过我，但我悄悄想过，我就带一本字典，因为最耐看。

我父亲算个知识分子，"文革"中被打倒，甭管看什么书，都会被小将们批成资产阶级，幻想重新作威作福之类。后来他找到窍门儿，就是读字典，这东西根红苗正，再没人来找他的碴儿。

以上这些，是说到字典这个话题，随便联想到的事。回头分析一下，里边倒有不少内容可讲，有历史，有社会，有处世之道，很丰富。

每当生活无趣时，我会读字典，随便挑一页往下看，常有意外之喜。几年前，有段时间为了磨心，读《说文解字》。开始特别管用，因为没有任何连贯的意思，把大脑中千奇百怪的想法都简化为单个汉字，像把世间万物拆成一份化学元素表，一切简单明了，却尽是根本所在，心平气和了。

《说文》按部首排序，一天读到"心"部，突然心潮翻涌。为什么心部的字，都那么惨，没几个与快乐沾边。悽：痛也。怆：伤也。忥：太息也。惆：失意也。怵：恐也。憐：哀也。怫：郁也。憧：意不定也。恚：恨也。憝：悔恨也。懑：烦也……单是释意为"忧"的字就有一大串：价、忡、恙、悄、悠、悴……何况还有早已熟悉的恼、怅、怄、恹、悔、惨……

可见这个心还真是骄娇二气不好伺候，要降伏谈何容易。

最近突然对很多书籍产生不敬的想法，觉得千千万万读过的小说诗歌，不过是赚人眼泪、搅乱人心的无聊消遣，读了心乱，于是又找了一本词典读读净心。

挑的是一本《汉语成语考释词典》。随便挑一页开始，偏偏好像有缘，和多年前的《说文》心部有瓜葛。这一页有如下成语：自高自大、自绝于民、自乱其例、自取其咎、自取灭亡、自欺欺人、自食其言、自屎不觉臭、自投罗网、自误误人、自相矛盾、自相鱼肉、自以为得计、自以为是、自怨自艾、自作聪明、自作自受……大多是些心受蒙蔽的情绪或行为。间或也夹杂了自告奋勇、自给自足、自强不息这类褒义词，但在数量上，简直无法望贬义项背。

两次读字典的经历，叫我想起一位大德在著作里说过：你错误地相信自我就是你，而你就是自我。那个你认为是自己的东西并不是你，只是一种幻象，由于迷惑，最初你误认它是你自己，然后又浪费一生来满足它、让它快乐，这样的企图是没有希望的。这就像除非你知道自己在做梦，否则无法逃出梦的陷阱一样。要让自己解脱，必须明白自己的错误，然后从其中醒悟过来，事情就是这么简单，也是这么复杂。

我们常常会说，"我"如何如何，"我心"如何如何，说的都是这个叫"我"的东西。可它究竟是个什么东西？不妨对照字典看看。

简体字，繁体字

简、繁体字之争，几十年来从未停歇。新中国建立后，两次全面简化汉字，其中第二次发生在上个世纪七十年代，试行几年又被废除。一来一往的无用功，消耗不少人力物力。中国那会儿正穷，何苦来哉。

近两年这一争论又热烈起来。无风不起浪，先是因为日本人向联合国相关组织申请，汉字乃日本国文化遗产。这明摆着是瞎掰，汉字汉字，怎么成了日本文化？人家的理由是：申请的是繁体汉字，中国人已经不用了。这一来中国人不干了，激议恢复繁体字。

有一年"两会"上，有代表递交提案，要求在中小学增设繁体字教育。这一提议迅速引发网民的大讨论。正方说，时代总要发展，文字是工具，自然随时代变化而变化，不必大惊小怪；反方认为，汉字越简化越没文化，繁体字不仅美观，还有丰富的文化内涵，要有敬意。

争论不怕，就怕争的并非同一件事，还脸红脖子粗。世间很多争论都如此，前门楼子胯骨轴子。具体到简繁体字之争，很多人至少把两个问题合二为一，乱吵一气。拆分一下再争论，会有效率得多。

第一，哪个更有文化？延伸问题是，哪个更美观？

能认识并熟练使用繁体字的人，一般来说，受教育程度比只认识简体字的人要高，也更有文化，所以应该是繁体字更有文化。但这只是就普遍意义而言，个案总有例外。比如新中国培养出来的一些院士，认得的繁体字很可能不如一个做紫砂壶的农民工多。要争论，先分清争个案还是争普遍。普遍可以统计证明，个案千差万别，不具可争性。至于说到美观，审美层面从无定论，你觉得红配绿赛狗屁，我觉得那才顺眼，人人审美观不同。

第二，要不要在中小学恢复繁体字教育？

有无文化是形而上的问题，增设课程是具体使用问题，具体问题就该具体分析，也没什么好吵的。我因职业原因，长年与汉字打交道，对使用问题有点发言权。就使用范畴而言，识得繁体字，很像一个人会骑自行车，多了个出行工具而已，不会骑车的人，也不会在家憋死。完全不识繁体字，并不妨碍一个人成为对社会有用的人。在学校增设课程当然可以，不过应该如手工、奥数一样，设为选修。作为学校、老师，更紧迫的任务不在简体字、繁体字，而在于教会孩子们能用干净、纯正的汉语，明白晓畅地表达自己的思想感情。这个说来简单，近年来滑坡严重，能写出通顺句子的人越来越少。关键在于，老师们自己都写不通顺。看看网上这些争吵吧，没多少人能说明白自己到底在吵什么，而这些人中，不少人就是中小学老师。

到底吵什么呢？顺着上述思路继续拆分下去就不难发现，经过多层拆分，如果拆分清楚，也就没什么好吵的了。很多争论也都如此，把要吵的问题层层剥开，问题就没了。

启蒙年代的杂志

上世纪七十年代末至八十年代末，可谓中国现代史上第二个启蒙年代。全社会经历这场阵痛的时间，恰巧涵盖我整个学生时代。

搜寻这段记忆，很多与启蒙相关的亮点，上中学时憋在一间漆黑小平房里油印地下刊物，八十年代初读到斯宾塞《理想的冲突》，看到马克思仅是看到那么多思想体系并列，真有井底之蛙蹿出深井，终于得见辽阔天空的天翻地覆。可是，这些个人成长史上的大事，我没兴趣写，倒是想写一些小细节，它们与杂志有关。

小时候生活在苏北一个县城，像当时中国绝大多数县城一样，它由两条十字形马路构成。一条路上，除了县革委会、县政府、百货公司、五金公司这些必备建筑外，还有一家新华书店。我在里面买过作业本，买过主席像。小学五年级还买过有生以来读的第一本长篇小说。1978年秋天，我在那里发现一本杂志，《文艺报》。

《文艺报》现在是报纸，1978年刚复刊时是以杂志形式出现的。关注它是因为这份杂志与我父亲有关。当时遍处可见一本大红封面的《读报手册》，内有很多时政名词解释。我在上边见到过父亲的名字，位列"丁陈反党集团"条目之下，这个集团的"反党阵地"正是《文艺报》。

那年我十岁，穷人的孩子早当家，上小学时经常有人在背后指指戳戳地说三道四，让我过早地明白一些世事。我知道家庭有问题，父亲有问题，《文艺报》有问题。看到《文艺报》赫然摆在新华书店的书架上，懵懵懂懂觉得可能是件好事。

当晚回家向父亲报喜讯，不料他反应很淡。现在想来，他们那代人对这类风吹草动，以及其中隐藏的种种"密码"从来就没放松过警惕，想必已早已知晓此事，并在心里琢磨了八百多个来回。不管他反应如何，反正我当天晚上为这件新鲜事莫名兴奋，从此把那杂志封面上集鲁迅字而得的刊名牢牢地印在脑海。

来年父母落实政策回北京。于我而言是到北京，对他们，却是回北京。据说重新安排父亲工作时，他说除了《文艺报》，去哪儿都行。伤心之地，避之唯恐不及。于是被组织派去筹备老牌杂志《新观察》的复刊。

办杂志的同行之间，向来有互相赠阅的传统，从我到北京后，很长一段时间父亲每天回家，包里都有没拆封的杂志。每天傍晚父亲一进家门，我都会迎上去抢他手里的包，并非孝敬长辈的礼数，是要立即掏出那些报刊，挨个儿拆开翻翻。

当时的杂志极少异型开本，一律小十六开，横向对折，装在牛皮纸信封里，信封上必有红色刊名，多是毛体。《新观察》是中国作家协会主办，所以赠阅的杂志，也多属各省作家协会出品。差不多每个省至少有一本文学类刊物，通常叫××文艺，或者××文学，云南的《边疆文艺》、湖北的《长江文艺》、黑龙江的《北方文学》，等等。也有个性化的刊名，听起来都挺宏大，《收获》《十月》《当代》《清明》，等等。

特别喜欢一个刊名:《芒种》，沈阳市文联主办。当时没想过为什么喜欢，现在回想大概原因有二：一是从小酷爱那首节气歌谣：春雨惊春清谷天，夏满芒夏暑相连……朴素的音韵节奏，以及其中隐含的逝者如斯的气氛，分外诱人。芒种是二十四节气之一，所以亲切。二是当年曾经盛传一个故事，毛主席派警卫员给农民兄弟送芒果，这故事曾经引起我不少遐想。只因同有一个"芒"字，常常把芒种与芒果混淆，就觉得美好。少年的心思就这样，莫名其妙，但总是美好妖娆。

上初中时候，学校在南河沿，《新观察》杂志社在王府井，穿小胡同过去，走路不过十分钟，经常中午去那里蹭饭。有时下午放学早，也去等着和父亲一道回家。著名的四联理发店旁边，一扇朱红大门，挂着红底白字的门牌号：王府井大街190号。进去有条小甬道，两边散落几间简陋平房，里边二三十号人，就是杂志社的全部了。

杂志社编辑年龄普遍偏大，基本都是四五十岁往上的人。年轻人也有，赵振开是其中一个，当时还不知道他笔名叫北岛。很多年后他从美国归来，和他在一个饭局相遇，问他还记不记得当年常在编辑部乱窜的一个少年，他说没印象了。

还有一次去杂志社，碰上胡乔木来参观。我在一间空屋里做作业，隔壁，胡坐在一张老式办公椅上，靠着墙，杂志社人围着他，或坐或站很随便。胡表情松弛口若悬河，风趣幽默，现场不时爆出笑声。还记得胡讲，《新观察》就是要天文地理、花鸟鱼虫，无所不谈，人民群众才喜闻乐见。要说这样的谈话内容也很严肃，不过现场气氛始终亲切热烈，像一群同事聊天，颇具八十年代初社会风气的淳朴特征。等我九十年代也做了编辑，也时有领导干部来编辑部视察，表情那是真严肃。领导作指示不苟言笑，下边只有笔在纸上记录的沙沙声。

上高中后，像绝大多数青少年一样，我开始热衷于写作。和绝大多数青少年不一样的是，我还对编辑工作感兴趣，当然是环境影响所致，周边的长辈们大多编辑出身。父亲看出我这爱好，没鼓励，也不打击，听之任之。不过渐渐地，开始让我帮他抄抄稿子。

那时书、报、刊都是铅排，编辑改稿又特别细致，校样经常被改到满篇红，这时就需要将稿件重抄一遍，再交给排版车间。我写过几天大字，抄稿时老想把字写得漂亮。父亲对我说，抄稿子、校对、编辑，首先要把字写规矩，所有人能看懂，有这前提再求字漂亮。现在想来，如果说后来我还算个合格的编辑，父亲这段话就是我的编辑课程 Lesson One。我至今写字很少连笔画。

大学住校，家里的杂志很少看了。不过从那时起，开始自己买杂志。喜欢的有《读书》《外国文学动态》《世界文学》《外国文艺》。每隔些日子专门跑到六部口邮局买一趟这几种杂志。当时街上少有报刊亭，报刊的主要销售点是邮局。

1987 年，我第一次在杂志上发表作品，一篇卞之琳的诗评，那本杂志叫《中国现代文学研究丛刊》。1988 年秋，我在北京师范大学读大四，学分已在前三年修满，又因有论文获奖，得到免写毕业论文的优待，每天晃晃悠悠无所事事。《文艺报》的一位老大姐找到我，说中国文联出版公司有一本刊物《四海》，想外聘一个年轻编辑，问我有兴趣否。

《四海》杂志有个啰唆的副标题，叫"港、澳、台及海外华文文学"，我对这主题兴趣不大，但还是答应了，因为对编辑、出版有兴趣。就这样，我在二十岁的时候，成了一个杂志社的实习编辑，学习组稿、初审稿件、发稿，还学着去做很多类似领样刊、寄样刊、数字数、发稿费这样的编务工作。有意思的是，我也开始和一些同行互赠自己参与编辑的杂志。每次从收发室拿到交换来的杂志，都会忆及当年从父亲包里往外掏杂志的场景。更巧的是，我最早关注的一本杂志是《文艺报》，而此时的文艺报社，就在《四海》杂志社楼上。

1989 年，我大学毕业，到作家出版社报到上班，成了一名正式的文学图书编辑，少年时代从此结束。

榨　油

心思乱，飘忽定不住。看媒体热炒白先勇版《牡丹亭》，想到昆曲；想了昆曲，又想起业余昆曲家陆宗达先生；想了陆先生，又想到上大学受的第一堂教育；又从这一课，想到刚参加工作时上的第一课……

说说这两堂课吧。事隔多年现在想，这两课不仅形似，而且神似，其中心思想叫"榨油"。

我上大学那年，陆宗达先生已八十高龄，以他在训诂学上的权威，算国宝级人物。全国第一个汉语文字学的博士点即由他开创。这么大的学者，当然无暇给本科生上课，但作为学校教师代表，来给我们上了第一课，以其亲身经历，勉励我们刻苦打基础。

陆先生说当年投师黄侃先生门下，发愿要治"小学"。黄见了他，客客气气请喝茶，学问之事片言不出，只命去坊间买一部未加标点的《说文》，回家断了句再来。

句读之学是传统学问基础，陆先生觉得自己早已过关，颇不以为然。然而师命难违，只好照做。一个月后，带着标满句点的《说文》再去见老师。老师仍是客客气气请喝茶，作业置于案上全然不顾，只命重买一部《说文》，再句读一遍。

陆先生说，第二次下手比第一次难了，多了些犹豫。不少地方细琢磨，就有些疑惑。两个月后，带着二次标点的《说文》再访老师。老师仍是客客气气请喝茶，作业摞在已经落灰的上次作业的上头，翻都不翻，让再去买一部《说文》，三次句读。

学生再敬重老师，遇此情形也难免会有一丝不快。不过成大事者通常能忍，陆先生还是恭敬不如从命地照做不误。

第三次标点更难，用了三个多月。再去老师家，心头原先的猖狂已被磨平不少，有点惶恐不安，因为书中拿不准的地方太多了。老师仍然啥也没说，让学生把三次作业统统抱回家，参照检查，有何不同，为何不同。与前两次不同的是，这次老师给了学生希望——下次再来，正式上课。

陆先生给我们讲到这里感叹，这样半年下来，老师像榨油一样，把我很多很多的毛病榨干净了，基础牢固了，再跟老师学，一日胜读十年书。

无独有偶，四年大学上完，我到一家出版社报到上班，一个资深老编也给我上了一堂课，也有"榨油"一说。

当时的工作重点是推新人新作，尤其是长篇小说。老编教导，对待新作者，要想方设法榨干他们。什么意思呢？看中的苗子，仔细琢磨，贡献自己全部的挑剔，帮作者找毛病，请作者修改。改好的稿子，即便可以通过，也不妨再榨一次，再请他们改一道。如果二次修改不如前次，沿用前次成果即可。但是往往二次修改，作者会有让你和他自己都意想不到的神来之笔。老编拿自己当年照此原则"榨"过的名著《林海雪原》举例，据称上边密密麻麻布满红笔，出版稿与作者初稿相比有天壤之别。

经过这两道"榨油"教诲，我在后来的学习工作中，会不自觉地榨己榨人。榨己还好办，比如此时此刻，把自己散漫的回忆榨成文章；榨人却越来越难——我还在做编辑，也还给作者提修改建议，但在当今的很多作者看来，编辑也太把自己当根葱了，他们心里会说，凭什么你说改就要改啊，爱出不出，此处不留爷自有留爷处！

互　文

喜欢《文史资料选辑》丛书，会在其中看到同一桩陈年旧事，在不同人的记忆里呈现不同的神态，耐人寻味。比如"黄洋界上炮声隆，报道敌军宵遁"这样豪情万丈的场景，据另一人回忆，当时仅打了一发炮弹。这就是一种"互文"。

小时候，老师说写作文要详略得当，这也是一种互文，同一件事，不同的详略，写出完全相反的意思。

"互文"是二十世纪六十年代法国后结构主义批评家克里丝蒂娃提出的一个概念，也有人译作"文本间性"，意思是说，任何一个单独的文本都是不自足的，其意义是在与其他文本交互参照、交互指涉的过程中产生的，由此，任何文本都是一种互文。

什么意思呢？《罗生门》，同一件事，颠来倒去不同角度地说来说去，大致如此。

多亏黑泽明 1950 年拍摄《罗生门》的时候，没有后结构主义，也没有"互文"这个词，要不非得被人斥为概念先行。当然，黑泽明之前还有小说原作者芥川龙之介，电影和小说同样也有详略处理的问题，细究起来，也是"互文"的关系。

中国有句老话：天下文章一大抄，也是在说互文。有人性格倔犟，死活不承认这一古训，觉得自己一直坚持原创，其实是误会了古人的意思。所谓"一大抄"，当然不是"文抄公"那么个抄法，也肯定不是江南贡院考生们往衣服里子上缝那些字若蝼蚁的四书五经；我理解就是难以割裂传统，谁也不可能彻底摆脱互文。外国有句老话：反其道而行也是一种模仿。反其道而行是创新的极致了吧，结果还是"一大抄"。

与"天下文章一大抄"类似的警句，诗人 T.S. 艾略特也说过，语调有点嘲讽：小诗人借，大诗人偷。这个句式很容易又让人想起另一句名言：窃钩者诛，窃国者诸侯。愣要分析，这二者之间是否也算一种互文？

这样说下去有点绝望，身处今日，真正的独立、原创几乎不可求。按后结构主义理论，任何文本都是过去引文的重新组织，我们天天在说别人说过的话，写别人写过的事。那些所谓永恒主题，比如爱情，不就是这么回事嘛，只是换了一个角度，或者把某个细节无限放大，仅此而已，互文罢了。

再往下说，不光写作，就连生活本身也是在不断地重复，重复自己，重复他人，形成互文。诗人北岛漂泊多年以后开始写起散文，对此他总结道：散文和漂泊之间，按时髦说法，有一种互文关系，散文是在文字中的漂泊，而漂泊是地理与社会意义上的书写。

说到最后，就连互文本身，也是一种互文。克里丝蒂娃创造出这样一个概念，巴尔特、德里达们又加以丰富、延展，最终不过是重新开辟一个角度，把前人说过的事再说一遍。

词组的重码

刚参加工作时，在出版社当了大半年专业校对。那时出书还都铅排呢，在校样上挑错，特别要注意那些字形相近的字，比如"己"排成"已"，"赢"排成"嬴"或者"羸"。

后来有了方正电脑排版系统，我虽离开了校对科，仍需通读校样，所以校样还是不离左右。排版手段的科技化，带来错误的复杂化。专业文字录入基本都使用五笔输入法，五笔本来就是从字形入手设计的，所以字形接近的错误仍属常见。与此同时，五笔输入软件还有词组功能，录入员为了提高打字速度，尽量使用词组输入法，结果出现了一些千奇百怪的错误。比如好端端一句话，中间猛不丁儿出现个"鹢"字，没头没脑的。怎么回事呢？"新鲜"二字当词组输入出现的重码。

时间一长，这类重码错误见多了，非但不以为怪，还渐渐从中发现了好多小乐趣。比如"诺言"和"谎言"重码，"地方党委"和"老谋深算"重码，"幸福"和"丧礼"重码；"文物"和"废弃物"重码；"剧本"和"尼古丁"重码；"伤口"和"作品"重码；"基督教"和"邪教"重码……最逗的是，"五笔"和"开玩笑"也是重码。

五笔输入法的要点，是把汉字拆分还原成山、水、云、雨、土、石、草这样的字根。我们老祖宗造字时，身边的世界简单而天然，他们首先要为身边诸物命名，于是首先就有了山、水、云、雨、土、石、草、犬、羊、竹、禾、目、日、虫、川、田……笔画一律那样少，却又是那样精，别小看它们，它们是组成这个世界的根本。

世界越来越复杂，新鲜事物层出不穷，要认知世界、描述世界，字就越造越多，也就越来越复杂。而最早生发出来的那些字，也就成了偏旁。偏旁加偏旁，偏旁再加新造出的偏旁，如此循环往复，排列组合，便有了如今这许多的字。

字既多了，又越来越复杂，重码就难免，错误也就越来越多。说到此处，我显然不仅仅是在说五笔、说字词、说重码了。

陌生的字词

很多人都有这样的经验，盯着一个字，或者一个词看久了，那字词会突然变得不认识。我做校对时常遇到这种情况。每逢这种时候，我都有点莫名的兴奋，会放纵自己在那种恍然、木然状态多待会儿，我有点喜欢那种熟悉的事物突然陌生到虚的感觉。

这种陌生化现象，与注意力有关，从科学角度可解释得一清二楚。不过对于字词还有另一种陌生感，不仅仅是科学问题，还与人文历史有关。

我们每天说话、阅读、写作，使用成千上万的字词。这些字词当中，有很多使用极为频繁，熟视无睹，一旦细究，都会产生陌生感。

比如我们常会说到"世界""社稷""切磋""琢磨"这样的词，都是把它们当成词汇的最小单元在用，"世界"指自然界和人类社会的一切事物的总和，"社稷"指国家，"切磋""琢磨"都是指互相研究，互相学习长处，纠正缺点。然而，稍微深入一步就会发现，它们其实分别都是两个词的组合，"世"为迁流，"界"为方位，"世"属于时间范畴，"界"是方位的界定。"世界"是由"世"与"界"两个最小单元词组成的。"社"是土地神，"稷"是谷神，不一回事儿，只是古时君王常常把这俩神搁在一起拜祭，后来才把两个词连在一起表意国家。"切"和"磋"最初是先人们鼓捣动物骨角，将之变为工具或者首饰的不同手段。"琢"和"磨"是先人们鼓捣玉石，将之变为工具或者首饰的不同手段。《诗经》里有著名的句子"如切如磋，如琢如磨"，有此对照即可知道，现代汉语中的"琢磨""切磋"同样都是可以再拆分的组合词。

这样的例子，在现代汉语中举不胜举，概因汉语词汇在初创阶段大多是单字词，后来随着社会越来越复杂，常用词汇才变成了以双字词为主。

当然，肯定不是所有双字词汇都可以再拆分，现代汉语中很多外来语词汇，就都是独立的最小组词单元构成，作家阿城在《闲话闲说》一书里举过大量例子："典型""肯定""自由""条件""流行""认为""解决""调节""紧张"……这些词都是从日文引进的。阿城举完这些例子后，笔锋一转戏言："如果我们将引进的所有汉字形日文词剔除干净，一个现代的中国读书人几乎就不能写文章或者说话了。"

写作流行病

小 引

更准确点，应该叫"一个编辑眼中的写作流行病"。

每个人都是写作者，这个写作包含两层意思：一是显性的，写邮件，工作总结，写微博，通过网上聊天工具交流，都是写作。二是隐性的，大到对人生和世界的看法，小到日常生活中对人对事的评价，也是一种写作，毕竟我们用语言文字建立思维逻辑。现在网络兴起，媒体爆炸，很多隐性写作化为微博、微信，或者 MSN、QQ 签名等，很多人原来的心理独白，现在都噼里啪啦敲网上，也悄然转化成显性写作了。

我做编辑，又爱阅读，所以几乎无时无刻不与实实在在的文字打交道，换来一些对文字的敏感与熟悉。想想大致也分两个层面：一是技术层面，大到字句干净与否，小到标点是否得当。二是意义层面，写作是要表意的，所谓词能达意，这个意表达得是否清晰？是否简洁？还有，要表的这个意本身，有没有问题？

这些问题，是我随时都会琢磨的事情。做编辑人的特点是，你问怎么写好答不上来，不过看过太多反面案例，就大致明白怎么写不好。所以日常读书上网，会格外留心不好的案例，随看随记，就有了一些小经验，与大家分享。

"照着说"与"接着说"

日常表达与写作中，常见两种情况，一种叫"照着说"，一种叫"接着说"。"照着说"就是重复，尤其指重复前人讲过的内容。孔子说"逝者如斯，不舍昼夜"，苏轼再写"大江东去，浪淘尽，千古风流人物"，就是"照着说"。"照着说"的特点是，往往说得还不如人家，难免照猫画虎，嚼剩馍，没滋味。"接着说"呢，虽然主题可能前人说过，但我继续往下说，有一点新阐发，有一点新创意。苏轼一阕《念奴娇》，虽然开篇"照着说"，但是后面"接着说"到具体的三国人物，借对他们的仰慕而言志，有不少新意，因此一向被誉为佳作。

"接着说"与"照着说"的关键差别，在于是否有新意。同样是"逝者如斯""大江东去"这层意思，到了明朝的杨慎又有一阕《临江仙》，"滚滚长江东逝水，浪花淘尽英雄"。虽然因为毛宗岗父子评刻《三国演义》时，将其放在卷首而极负盛名，依我个人看法，基本是照着苏轼说的，算不上"接着说"。

翻阅报刊浏览网页，会发现海量的"照着说"。不少写作者因为读书太少，写出的东西在阅历较多者看来，都是津津有味地嚼剩馍。这是一种写作流行病。

这一病症往下细想容易陷入绝望。读书越多，下笔越有忌惮，因为读过太多好东西，轮到自己，如果不能"接着说"，简直不好意思下笔。而无知者无畏，他们会像那个著名典故里的意大利宅男，某日突发奇想，到专利局申请一项发明专利，可是等他把自己的发明呈现出来，大家都笑喷了，说这不就是雨伞嘛，家家户户都在用啊。

所以你看，两头都不得好，挺绝望的。很多事想至深处，都逃脱不了这样的绝望，且不管它，只说眼前事，比如日常写作，还是应该努力克服"照着说"的流行病。我自己的办法是，第一慎落笔，能不写则不写。第二心里随时有根弦，警惕自己是否又在饶有兴致地嚼剩馍、说废话。除此以外还有第三条，确认自己不是天才，作为一名普通人，还是努力多读书，尽量少闹笑话。

就有人问了，"照着说"是写作病，非要有新意才能写，如此岂非文章越写越短？对的，越写越短不是坏事。

"极简"与"文艺"

"极简"与"文艺"这一对词语的关系有意思，"文艺"不知何时起成了讽刺专用语，多指那种毫无克制的大段抒情；"极简"则像个褒义词，像是对文艺的一个反动，有点类似艺术领域的浪漫主义与现代主义，对立的意思。

词汇的含义，在不同时代环境下不断演变，带有时代烙印，眼下"文艺"成了讽刺语，是因为它的含义已从"文艺"悄然演变为"文艺范儿"。我个人的看法是，问题不在文艺还是极简，只在写得有没有病。

作家邹静之前阵子出版新著，半小说半散文类型的文集，其中很多想象、抒情，融入很多个人情感。另一位作家撰文批评道：太抒情、太文艺。这位批评者自己也写散文和小说，多年来高举极简大旗，极少用形容词，极少比喻，更少个人情感介入，一副极简的架势拉得很开。但是我读他作品，只有一个感受——乏味。

文艺得做作固然招人嫌，极简得乏味也一样不好。可惜这两种情况眼下真不少，称得上是写作流行病。更可怕的是，骨子里文艺，可又文艺得不好，只好自欺欺人地高举极简大旗，这就是扭曲了。

极简写作标榜写得节制，文字压缩压缩再压缩，追求简洁明快，但我读张爱玲的《异乡记》，发现了极简反面的一种写作法。

对大部分作家而言，写出"几只鸡，先是咯咯叫着跑开了，后来又回来了，脖子一探一探的，提心吊胆四处巡逻"这样的句子，已经很准确很有文采很简洁了，但是张爱玲继续写道："但是鸡这样东西，本来就活得提心吊胆的。"我将这种笔法总结为"多半句"手法，一下就把文意宕到更为广阔的境地。

所以，极简与文艺真的不是问题，只看内容够不够充实，表达得是不是实在。条条大路通罗马，最怕写作时自己煞有介事地贴标签。

"求逗"与"讨好"

大到鸿篇巨制，小到一条微博，写得幽默有趣，是不少人的追求。幽默有趣必得发自心底，来不得半点造作。天生没这基因，又无后天训练，写出来的只会是"求逗"。在我目力所及范围，这种为逗而逗的写作不在少数，语不逗人死不休的架势挺难看。

"逗"的原意是令人开心，令人笑，本来意思挺好。可是不止一次听到电视节目或者会议的主持人讲完自鸣得意的句子，会追一句"此处应该有掌声"，甚至"此处应该有笑声"。更典型的是一些劣质相声，装疯卖傻作践自己，乞求台下观众笑。这都是利用他人的善良，甚至只是身体条件反射的本能，强行"求逗"，相当于胳肢人。

开心而笑也分好多种，高山流水于我心有戚戚焉是一种，觥筹交错讲黄段子也是一种；升官发财是一种，明朝散发弄扁舟也是一种。雅俗不是问题，关键要会心。会心的笑与被胳肢的笑不可同日而语。若要会心，自己先把心捋直了，别拐弯儿，别

251

造作，真心随意流露才可能引人共鸣，心心相印。一味憋足了劲想逗，别人看到的只能是一张憋成猪肝色的脸。

是否会心还与趣味有关。趣味这东西也是五味杂陈，花样繁多。有趣味的逗也不都是真逗，这份趣味还得是健康的，不是变态的；是阳光的，不是阴湿的。曾见一位作家"求逗"，文章里写，看世界杯宛若性交，是件很私密的事……大意如此，这个，趣味倒是有，好像有点恶趣味吧？

还拿相声类比，胳肢人的相声讨嫌，却也有侯宝林那种，台下都笑喷了，自己还一脸懵懂无辜。你以为他心里不乐？没那事儿，心知肚明。写作也如此。前几天读到介绍拉萨大小寺庙的一本佛教主题旅游书，全书行文严肃认真，写到罗布林卡，先介绍历史由来，突然笔锋一转说："罗布林卡旁边还有一个动物园，内有若干兔、鸡、狗、鸟等西藏珍奇动物，旅费极为充裕，并且喜欢观赏无精打采动物者，可以顺道入内参观。动物园单独收费，详细参观约需时三分钟。"这种是真逗，是侯宝林相声那种逗，是来自心底、不造作的逗，是叫人会心而笑的逗。

追究"求逗"的心理机制，其实是写作者内心有媚态。媚是为了讨好，讨好谁呢？面上看是讨好读者，也就是讨好他人，更深层却是为了讨好自己，讨得他人的赞赏，实际还是为自己享受被别人赞赏时的满足。

编过一位作家的长篇小说处女作，后来此书大红大紫，书中有一段纵横数页的抒情排比句最得读者欢心，网上摘抄传诵者甚众。后来这位作家朋友每写新书，必定精心安排一大段排比句。他倒也坦诚，说读者喜欢啊，就愿意看这个啊，所以必须写啊。这就叫讨好。

比较而言，这位作家至少自觉到在讨好他人，已属不易，更多"求逗者"对此并无觉察。写作说到底，在行家眼里，与写作者的为人惊人一致，你看日常人际交往中，明明和对方观点不同仍点头称是的大有人在。如果这还可以解释为人情敷衍，那么，不仅点头而且附和，甚至铺陈别人说法，还举一反三，算是讨好了吧？如此为人，写出东西往往有点媚。

大画家傅山曾有"四宁四毋"之说，宁拙毋巧，宁丑毋媚，宁支离毋轻滑，宁真率毋安排。太巧了不好，贼尖溜滑，巧言令色，这都是巧。媚就是一股媚态，不自觉地老要讨好人。轻滑就是没主心骨，人云亦云，轻浮，表达起来滑不溜丢，抓不住他到底想要表达什么，他说东，你刚想针锋相对说西，他马上滑出去，说西也有西的道理。毋安排一条，让我想起看过的一些小说稿，一般来自名家，其中又以老名家为多，他们写作技巧娴熟，所以你一看，什么毛病没有，要人物有人物，要情节有情节，要起承转合有起承转合，安排得特别好，可就是读着没意思啊，完全融不进去。就是所谓的"鸡肋"吧，你再费心安排，也是食之无味。

傅山所说的毋宁拙，毋宁丑，毋宁支离，毋宁真率，依我看也可以归结为一句话，就是别有讨好之心。写至此，想起北大的李零教授曾经说过，他做学问有个原则："既不跟知识分子起哄，也不给人民群众拍马屁。"套用这句话来说写作，就是既不跟他人起哄，更不要讨好自己。

"主谓宾"与"定状补"

有本法国小说《要短句，亲爱的》，书名这句话，是作者的母亲对女儿写作的教导与叮嘱。后来女儿果然成了优秀作家，多部作品在伽里玛出版社出版，得过费米娜奖。

近年常见人提倡"写短句"，但提倡者的初衷，注重点大多在于行文风格，觉得短句更古典，长句太西化。我做编辑时也常劝作者"写短句"，但我可够不着行文风格这么高端的问题，我想得很基础，句子短了不容易犯错误。即使有错误也容易发现，便于改正。读过中文系认真学过现代汉语的人知道，汉语

254

语法复杂，句子写长了，想要主谓宾、定状补各行其是，需要很多技巧，一不小心就磕磕绊绊，漏洞百出。所以句子长短不是问题，我从不偏好短句，甚至读翻译小说时，觉得有些西式长句澎湃有力，心生羡慕；问题在于，长句并非如我这般笨人可以写好的。也就是说，没那金刚钻，甭揽这瓷器活儿。

写短句，就是要多一些主谓宾，少一些定状补；多用名词动词，少用副词连词；多平铺直叙，少抒情强调。比如这样的句子："必须牢固树立群众意识，始终情牵人民，心系群众，全面反映民思、民盼，积极协助党和政府妥善处理各方面利益关系"。因为有太多副词，显得咋呼，还有点虚头巴脑。如果把副词都去掉，就变成："树立群众意识，情牵人民，心系群众，反映民思、民盼，协助党和政府妥善处理各方面利益关系"，诚恳多了，也舒服很多。尽忙活副词，动词名词反被冲淡了，就好像很多官员主要在忙活一个态度，务实部分必然被忽略不少。退一步说，即便要以副词彰显气势，也是一种特别追求，平头百姓就甭追求这个了，因为单纯从写作上说，这是病。

不顾自身条件妄追气势，是常见写作病。历史上有不少檄文流传至今，大多是这一病症的典型。旧时檄文多是文人狂抖精神，假想自己刚吞了豹子胆，代枭雄发声。无奈本无缚鸡之力，硬充气势，外强中干之态毕露无遗。唐朝的骆宾王做过不少官家幕僚，写过不止一篇檄文，是个檄文专业户，但你看那篇著名的讨武则天檄文："因天下之失望，顺宇内之推心，爰举义旗，以清妖孽。南连百越，北尽三河，铁骑成群，玉轴相接。海陵红粟，仓储之积靡穷；江浦黄旗，匡复之功何远。班声动而北风起，剑气冲而南斗平。喑呜则山岳崩颓，叱咤则风云变色。以此制敌，何敌不摧……"狐假虎威，乍看参着毛，细看没几两肉的小身子骨儿，虚假空洞，还是一只狐狸，跟老虎没关系。

前不久读徐梵澄先生论写作，也提到气势。他说："文章达到极致的时候，是连气势也不当有的。"想到读《毛选》的感受，毛文向以气势恢宏著称，我也喜欢，但不认为它是最好的文章。最好的文章什么样？顺顺溜溜读完了，根本没意识到有多好就读完了，回过头一想，写得真好，这个才叫真好。更何况毛那样的个人素质，真不是一般人好攀比的，这气势一般人慎追为好。

多用主谓宾，少用定状补，固然平实可喜，也极易流于寡淡，这也是实情。就像阿城名篇《孩子王》里学生王福的作文："我家没有表，我起来了，我穿衣服，我洗脸，我去伙房打饭，我吃了饭，洗了碗，我拿了书包，我没有表，我走了多久，山有雾，我到学校，我坐下，上课。"这当然不是好文章，但我觉得针对病入膏肓的那部分写作者，不妨回到如此主谓宾基础训练。孙过庭《书谱》论书法："初学分布，但求平正。既知平正，务追险绝。既能险绝，复归平正。"还说："初谓未及，中则过之，后乃通会。通会之际，人书俱老。"王福的作文，就是初学平正。很多写作病人缺乏"初学"，直奔"险绝"去了。从险绝开始，大概绕遍五大洲四大洋，也难"复归平正"。

我眼里的"人书俱老"的文字，像孙犁《荷花淀》中这样的句子："月亮升起来，院子里凉爽得很，干净得很，白天破好的苇眉子潮润润的，正好编席。女人坐在小院当中，手指上缠绞着柔滑修长的苇眉子。苇眉子又薄又细，在她怀里跳跃着。"多是主谓宾，很少定状补吧？看似朴实平淡，实则鲜活跳动生机盎然。不知不觉读完，自然体会到结结实实的气势，真是好。

假如没有自诩天才，不妨从写短句开始练起，多用主谓宾，少用定状补。

"六德"与"三贱"

鉴定寿山石的优劣，有"六德三贱"之说。"六德"是细、洁、润、腻、温、凝，"三贱"是粗、松、脆。回想这些年读稿的个人体会，觉得借用"六德三贱"来比喻写作也很贴切。

细，意指注重细节。一百个宏大空洞的结论，不如一个生动有趣的细节有价值。平时看报刊上的人物采访，可能现在美食话题流行吧，很多写到采访对象追求精致生活，喜好美食。可是记者写来写去，往往是干巴巴的形容词，口味刁钻、资深老饕之类，就是没细节。有细节会是什么样呢？好像是王世襄先生说过一个人讲究吃，讲究到什么程度呢？落魄贵族，足足饿了三天，意外得人施舍一个梨，撑着虚弱的身子骨，顶着呼啸北风，费尽周折绕世界找来几粒冰糖，再忍半天口水，熬了冰糖梨，找一背风的地方，这才咬下头一口，还是一小口。

洁，意指字句干净。如果随处可见语法毛病，再好的文章主题，也难引发读者的共鸣。退一步说，即使没有明显语法错误，文字不简洁，啰啰唆唆，也会让人读来如鲠在喉，没个痛快劲儿。曾编辑过一个年轻作家的小说，原稿二十万字，主题、人物、结构什么都挺好，就是字句太不干净了。后来我删了五六万字，整页删除的情况一处没有，整段删除之处也屈指可数，这五六万字全是埋藏在每个句子里的"吧""了""的""之""在"之类。试想，假如平均每个句子二十个字，就意味着每句里都有五六个废字，删掉之后意思一点没变。

润，其实是对前一条"洁"的一个必需补充。光注意干净，干净过了头，光剩骨头没一丝肉，显然也不好。极端的例子好比前面引用的《孩子王》中王福的作文，洁则洁矣，但骨瘦如柴，枯燥乏味。有血有肉才是润。要说明的是，有肉没肉和文章长短毫无关系，肉太多，离骨头太远，成赘肉了。微博一百四十个字的限制，不少人照样写出骨肉丰满的精致小品；而不少长篇大论，照样形销骨立。

腻，说寿山石如久泡油中，抚之如少女肌肤般滑腻无碍，所谓"凝脂"的意思吧。拿来比喻写作，意指在行文无滞无涩、行云流水的同时，还得字里行间往外"冒油"。这个油，就是写作者投入的情感。打工式写作只是完成任务，谈不上情感投入。不妨想想我们写过的年终总结、会议报告，不少是这种写作的典型。寿山石油性不足，不仅欠缺美感，还极易开裂或者长斑点，而油性够足的话，万一不慎小磕小碰有了伤痕，多抚摩抚摩即可无碍。写文章情况也类似，技巧上有点瑕疵，如果情感充沛，也会起到遮掩瑕疵之神效。

温，指写作者的深层态度，世界观、人生观与价值观最好有温暖之气。这一点要从反面特别说明：说温暖，并不代表只能唱赞歌，不能批判挞伐，不能写假恶丑。冰冷到骨子里的文章，写作者的内心照样可以是"长太息以掩涕，哀民生之多艰"的温度。很多人学鲁迅，觉得似匕首似投枪很酷，其实只学到挑剔、尖刻这些皮毛，没学到精髓，冷静与冷漠显然不可同日而语。世界观人生观可以彻底悲观，但不该由此就变得尖刻甚至恶毒。哪怕绝望到底，万劫不复，选择继续有尊严地活着，还是选择行尸走肉，也不是一回事。落实在写作上，就是有没有温度的问题。

凝，指文气要结实有劲儿，不能清汤寡水、溃不成形。形容面食做得好，常说"筋道"，筋道那股劲儿就是凝。不妨再想想果冻，水嫩又有弹性，生动跳跃。对，就是那股"凝"劲儿。好文章都是集中力量，扣紧主题，层层展开，不在无谓之处过多纠缠。平日看微博，发现眼下流行排比句，好像一排比就特有气势，有感召力。好的排比句确实有劲儿，但必得内容需要，排比得还恰如其分。为排比而排比，凑够同样字数的句子，或者生硬地凑出对比的意思，这就叫无谓的缠绕，没劲儿，也不叫"凝"。

再来说"三贱"。所说的粗、松、脆，其实就是"六德"的反面。"六德三贱"之间，有分别对应的关系:粗是细、洁的反面，松是腻、凝的反面，脆是润、温的反面。文字不讲究，又缺细节，这样的文章就是粗制滥造没情感、不筋道的文章，自然松松垮垮不成形；心底没点热乎气儿，又缺乏立身之本的人，自然缺乏韧性，脆而不坚，很容易一蹶不振。你看，说到这里，已不仅仅是在说写作了。

"随缘"与"随习"

曾和一个编辑同行聊写作,我说好文章的特点是不做作,他的总结则是,像呼吸一样自然。说的其实一回事儿,一个侧重"因",一个侧重"果"。一个讲如何做到,一个讲做到了则如何。像呼吸一样自然就不做作,反之,不做作也就会像呼吸一样自然。

我们的聊天到此为止,但这一话题值得继续深究。

所谓"不做作",本身已是一种"做作"。有位外国哲学家说过一句名言:反其道而行也是一种模仿。当你竭力想要"不怎样"时,仍然是在模仿那个"怎样",它已牢牢戳在你心里,因此这个"不怎样"有强烈的作意在里头。

不做作、不分别,都说的是用心。心行层面的事用一般语言表达,必会落入概念与思维层面。既有人这个思维主体,又有思维内容这个对象;既有设立概念的人,又有被设立的概念,明晃晃的二元对立。

"像呼吸一样自然"的情况差不多，也很容易引发歧义。见过不少人不无得意地说自己写作简直就是信手拈来，想怎么写就怎么写。言下之意一派赤子之心、天真烂漫、浑然天成。他们还给自己找了一个颇具深意的说法——"随缘"。

恐怕绝大多数人把"随缘"和"随习"混为一谈了。"随缘"一词是佛教用语，按一位法师的解释，是"随顺众生的割裂方式去观待，而不割裂"。直指超越二元对立，几个人能做到呢？绝大部分人随的，是自己的习气。顺便说一句，日常生活中"随缘"一说也处处可闻，多用于消极时的借口，比如无可奈何、懈怠了，就美其名曰"随缘"，可明明是"随习"。

具体反映在写作上，"随习"随处可见。现在那些喝个茶、品个香、修个禅、弹个琴的人，随便写点什么绝对少不了比喻。他们习惯了用比喻，不论说什么，也不论需不需要，就大段比喻，"像"字一出，后边洋洋洒洒，可仔细一看，那些文字对全文来说意义不大，大多可直接删除。

前面说过排比句，好的排比句确实有劲儿，有气势，但必得是内容需要，排比还得恰如其分，为排比而排比，凑够同样字数的句子，或者生硬地凑出对比的意思，这就叫无谓的缠绕。比喻也是这样，过度的比喻是写作病。

必须再次声明，排比和比喻本身都没问题，古今中外太多经典案例至今仍为我们赞叹不已；问题在于太爱排比和比喻，由着自己的习性，不论时间地点，随时随地排比和比喻，这叫"随习"。说好听了是笔力不够，说得不好听，多属矫情做作。它的反面，就是行于所当行，止于所当止，恰如其分地排比和比喻。不过这也只能叫作少些扭捏造作、多些自然而然而已，离超越二元对立的"随缘"，还差十万八千里。我之所以郑重再次声明，是怕有人又要误读我的意思，理解成比喻和排比都要不得。总有这么些人，他看别人写东西，是专为"找不同"的，你说夏天南方大多酷暑，他就说莫干山不错啊阴凉着呢；你说冬天北方大多严寒，他就说他们村儿今年特暖和。

单论排比和比喻，如何辨别哪些是"随习"呢？个人的经验是，"随习"的排比和比喻背后，都能看到作者自鸣得意的贼尾巴。因为有这习气，所以一旦写到比喻和排比就得意。而且他们往往觉得，在他们文中，这些排比和比喻才是华彩乐章。其实反而是他们不经意间流露出的一些朴素平实的句子，是真好，但他们不知道。

习气有股下坠力量，这力量如此之大，一旦失去警觉，就不由自主地陷入这一通道。因为任由自己下坠的感觉太舒服了，迷迷糊糊，忽忽悠悠，不用费一点力气。步入下坠通道本身已经有点不妙，如果再自欺欺人美其名曰"松弛"，甚至"随缘"，就更可怕。"随缘"含义深远，就别瞎扯了。下坠也绝不是松弛，警觉更不是紧张。假装松弛的人，心里多少嗔和怨自己知道。更要不得的是，假松弛还要引经据典，管这叫"随心所欲"。只能怪你经典不熟还瞎引用，光看到这四个字了，后边还有"不逾矩"呢？随心所欲不逾矩，这才勉强说得通，光是随心所欲，跟自甘堕落差别不大。

作者性格与作品命运

怎样就叫写得好？最早的理解，当然是基本功扎实，组词造句，词能达意。后来开始留意所谓情怀，我手写我心，心有多大，天地即有多宽。再后来发现，基本功、有情怀固然是写得"好"的必要条件，却非充分条件，明明有些人，基本功没问题，情怀也不狭仄，但是不够"好"。到如今渐渐体会到，所谓它山之石可以攻玉，所谓功夫在诗外，也许压根儿不存在写得"好"这回事，被我们交口称赞写得好的作品，不过是作者明白怎么写就"不好"，怎么写就不好意思，甚至丢人，所以他们自觉远离那些"不好"。即使偶尔不慎写出不好的句子和意思，检查修改时，那些句子和意思必会格外扎眼，必须删而后快。

以上这番啰唆，概括成一句话就是，摒弃"不好"便是"好"，越少"不好"就越"好"。

"不好"也分两个层面，一是具体文字技术层面，二是人生观、世界观、价值观层面。举例说说看——

微博是最时髦的文体，因其短小可以全部引用，不妨就从中取样。有一条说："很多流行语，来得快去得也快，生命力短暂，所以应慎用。想想春晚吧，那些网络流行词汇，老艺术家们还当新鲜货跟那儿唾沫四溅，电视机前接收新鲜事物较早的你，早啐上唾沫了。同理，比如当你一口一个'躁起来'的时候，必有另一群'先躁起来的人'对这流行语已腻到反胃，他们也会冲你啐唾沫。"

是想批评"躁起来"之类流行词过度泛滥，对社会问题、语言问题有观察也有思考，意思表达清晰，可算既有基本功，又有情怀。可是在我看来还不够好，"新鲜货""唾沫四溅""啐唾沫"这样的词有点扎眼，刻薄有余，敦厚不足。这已经算比较好了，不好的表达大致会是这样："太讨厌这些假摇滚们一口一个'躁起来'了！不知道这词儿早臭大街了嘛！别老跟屁虫行不行！"还有更不好的表达，直接点出人家大名，并问候人家生殖器，常逛微博者想必对此耳熟能详。

265

微博是快餐文化，写作者多图一时之快，少有深思熟虑，所以拿微博举例并不十分恰当。不过我想说的，却在这一案例中显露冰山一角——写作者的性格决定了作品的命运。

从传播角度判别，上述相对好点的那种写法，反而往往失败；被判不好的那种写法，反而往往胜利。刷刷微博不难发现，同一个博主的微博，被广为转发评论的，大多有扎眼的语句和意思；那些摒弃了种种"不好"的微博，反响甚微。不仅微博如此，撒了欢儿地往开想吧，小说诗歌等文学作品，绘画音乐等艺术作品，还有更现代化、工业化、大众化的电影，莫不如是。

这一普遍现象超越了"好"与"不好"的范畴，是传播问题，是市场问题，或是其他什么问题，和"好"与"不好"不能说完全没关系，着实关系不大。我曾撰文论述"图书的金字塔"现象，说图书市场呈金字塔形状，哲学数学这类高精尖书籍高居塔顶，位置神圣，万人顶礼，面积体积必然会小；生活实用这类大众书籍居于塔基，面积体积必然会大。转换过来说"好"与"不好"，异曲同工。

好了，回到写作问题，我想说的是，每一个写作者最好都能更清醒地认识自己，更准确地定位自己。性格决定命运，你有洁癖，看到"不好"即觉扎眼，难以忍受，那你只能顺着清癯之道上下求索，甘受寂寞，坚忍前行。反之，如果你对"不好"

没有那么敏感，恭喜你，不妨追求去做金字塔的塔基，让尽可能多的人来赞你顶你，接受更多的鲜花与掌声。

尽管塔尖确实高高在上，塔基确实在塔尖之下，但这高下之分，来自人为的割裂。只有塔基没有塔尖不叫金字塔，若无塔基塔尖也无处安立，二者本是一体，无法割裂。如因位置高下，再进一步褒甲贬乙，或者褒乙贬甲，则是割裂后再度次生割裂，更要不得。问题关键只在写作者的性格，你有什么样的性格，作品就会有什么样的命运，定位务必清晰，万勿得陇望蜀。有个时髦的比喻说步子迈得太大，容易拉胯甚至扯蛋，就这意思了。

在古希腊，毕达哥拉斯曾把到奥林匹克赛会的人分成三种：一是来做买卖的，他们以此获利；二是来参赛的，他们想得到荣誉；三是作为观众而来的人，他们思考、分析正在发生的事情。那些对各种"不好"特别敏感的人，很像这第三种人，离获利与荣誉很远。

文理之争

社会舆论的众声喧嚷中，有一组常见的针锋相对，就是文理之

267

争。理科生嫌文科生浪漫不严谨，不讲科学；文科生嫌理科生死板机械，感觉迟钝。文理之争遍及各个领域，社会热点事件、文学建筑绘画音乐的审美、对个人或群体的判断、宗教信徒对本门经典的解读，等等。

文理之争现象很普遍，其中有世界观价值观的深刻内含，是个值得深究的话题。只是我来聊这个，有螳臂当车之嫌——于理，我是中学生水平；于文，充其量只是个文科"生"，完全聊不进去。我要就着这一话题，说点题外话。

第一别给自己乱贴文理标签，更别因为贴了个标签就抬高自己。依我所见，绝大多数从文理之异角度指责对方理科思维或者文科思维的，都和我差不多，两边都不通，顶破大天是个单面普通博士水平，实在谈不上什么文理之别。不妨耐下心来继续学习，成了文学家或者科学家再说。"再说"的意思就是到时候再说，也并非就可以。

有趣的是，越是有卓越贡献的大家，越少见从文理差异角度谈论问题，倒是一些"文青"和"民科"热衷争论哲学和科学哪个更严谨这样的宏大题目。这就是俗话说的"半瓶水晃荡"吧。

第二多看少争，哪怕忍不住要去争，而且就得从文理之异的角度争，也先看明白别人在说什么。既然你把文理之异那么当回事，说明你还真没打通，那么，如果你是个所谓的理科生，来看所谓的文科生的文章，真的很容易漏掉其中关键的字眼。比如一个哲学家说了这么一段话："研究中，哲学有时会得出悖论，而科学家即便被告知有悖论，一般也不担忧。在一般的科学实践中，他们所能做的，就是简单地躲避他们理论的死胡同，但哲学家却很关心。哲学的工作也许就是与科学不严谨的末端有联系。"民科们一看就急了，说任何科学领域有了悖论都是头等大事，不可能"不担忧"啊。他们漏看了"一般"二字。人活世上，水与空气肯定是头等大事，但我们"一般"不担忧。

第三努力拓宽自己的大局观，力争将自己置于更大的背景下思考看待问题。我的建议是，擅自标上文或理标签的人，都试着去了解一下对方领域的终极问题，比如文科生该了解，科学家们对时间、空间的探索到哪一步了，物理世界是否无限可分的问题研究到哪一步了。理科生们呢，用一位数学家的话来说，至少应该明白，"数学的概念、思路与方法是我们整合各种物质、社会与精神世界现象的工具"。既是"我们整合"，表明了数学的人为性，千万别把数学、物理这些当成是孤立存在的，它源自人类主动的行为。

说到大局观，正巧前几天听一位科学家聊这话题。在他看来，科学研究当然是极重细节的，但同样是对待细节，有人是平铺式的，有人是架构式的，平铺式的偏工科，架构式的偏理科，理科的梦想是以一个优美简洁的公式概括一切。

梦想就是梦想，以一个优美简洁的公式概括一切当然不可能，但是在我看来，热衷文理之争的人，至少应该怀揣这一梦想，然后再去审视你想争的，以及你所争的，也许就能少说些片儿汤话。

这位科学家的漫谈中，还涉及了一些中国科学界的现状，借来说文理之争。他说尖端文明与世俗文明很不同，比如现代常人理解的科学，大概漏洞百出。尴尬的是，尖端的失传了，都是些世俗的底层版本谬种流传。很多眼下所谓的科学家都是读书的，不是搞科研的；就算搞科研，也是灌水的，不是挖坑的。科研本来就是拼图游戏，把表面不相关的搞在一起，大概有点像侦探，寻找蛛丝马迹那种……比如波尔当年做原子模型的时候，想了很久，最终看到巴尔末公式说，他找到了七巧板的最后一块……这个，简直有点像禅宗公案，里边蕴含丰富内容，可惜绝大多数人都只看结论。而这结论，现在看看也没什么意思了，反而是这段公案有趣，可惜很少人去研究，中国的科学教育，在这一块就更缺失。

这位科学家聊完科研大局观，以及科学家自身的平衡问题后，检讨自己因为在国内受的基础教育，太重技术，没有大局感，底子出了问题，如今在国外数年科研下来，意识到这些已经太晚了，好在是学物理的，向下兼容无碍，物理领域不尖端的放到其他领域也算挺尖端的了，混口饭吃着等死。

准备混吃等死的这位科学家，今年整整三十岁。在他面前，你还好意思再争什么文科生理科生么？

雅俗之间

从写作角度而论，童言无忌简直像公理，怎么写怎么有理。"白毛浮绿水，红掌拨清波"就算好诗。年轻时，同样怎么都有理，可以遍尝百草，任一感兴趣的内容形式，皆可放胆直去，浸淫都不怕，因为年轻啊，有足够的资本糟蹋自己。抗打击能力还超强，无论这通糟蹋引发什么后果，都扛得住。可是等到上点年纪，依我个人看法，还是努力优雅点为好。

这里只就常人而言，如果你自诩为天才，则不在论说范围之列。天才之所以是天才，就在于他和儿童一样，至少也是永葆青春，怎么都有理。或者反过来说，怎么都没道理，也对。

文章千古事，风雨十年人，这一方面是写作本身的事，另一方面和做人有关。年轻时候作文与为人，往往联系没那么紧扣，虽说万变不离其宗，但是这个"宗"尚未定型，所以这个"变"也可以大胆妄为。年纪渐长，为人和作文越来越骨肉相嵌，难以分割。为人不优雅，并非不可以，但你必须内心足够强大，够你用以承担，承担因为独树一帜，甚至背道而驰所必须承担的种种。

简单例说，塞林格写霍尔顿（《麦田里的守望者》）的时候，三十岁左右，没问题，可劲儿造。四五十岁了，为人还像霍尔顿那样言谈举止，作文还像塞林格那样视优雅为粪土，可能就需要像塞林格那样，承担得了孤苦隐居、与世隔绝的生活方式。否则很容易有点分裂，有点可笑。

还有我们更熟悉的案例可举，胡适与鲁迅。年轻时且不论，上了点年纪之后，胡适一般被视为矜持优雅的典范，鲁迅一般被视为似匕首似投枪的标兵。还是那个话，如果你把鲁迅当作民族魂、国之脊梁，也就是说将其从正常人里抽离，视作天才，则不在此论说范围之列。如果把胡、鲁二人都放回正常人堆里，我会偏向于建议优雅点好，优雅点的人活得正常，不累。

优雅属于审美范畴，而文艺的历史，审美是主线。写作是文艺之一种，当然也不例外。这大概是因为，对普通人而言，日常生活混乱芜杂，不堪重负，需要间离、跳逸、升华——这是从形而下的角度说；形而上的层面，人心的串习也是偏向混乱、芜杂、无序、懒惰、下坠的，而智力的启蒙，又令我们如此不甘坠落。逆水行舟，不进则退，只能一直朝着审美方向努力，试图创造一种上升的态势，以抵抗下坠的身与心。

不错，审丑是现代主义的支柱产业之一，海量审丑文艺作品风靡全世界，震撼人心。不过不难想明白的是，我们对其印象深刻，受感染之深，只因我们生逢其时，而放在整个文艺历史长河里，整个现代主义也不过是几簇浪花而已。

所以，选择优雅，这一选择本身其实并不那么积极向上，它有强烈的不得已而为之的意思。选择优雅其实就意味着随大流，过普通人的正常日子，做正常人的普通事，写容易看懂、利于接受、不出格、积极向上的文字，唯其如此，你才可以避开一些不必要的纷争杂乱，不必承担那些不必要的社会道德责任……一句话，才得心安，从而专心致志去实施间离、跳逸、升华。

这么说吧，只要换个角度看，所谓的优雅，虽然有个雅字，其实正是大俗。胡适与鲁迅比，是大俗。可是"雅"字前边还有"优"，"俗"字前边还有"大"。优雅和大俗是相通的，优雅即大俗。好了，终于说出了这句话，也只能是在前边做了那么多铺垫之后，才能说出这一句，否则很容易被当成故作惊人废话。

优雅与大俗相通，小雅小俗又如何？在如今的社会，竟然也常常好得如同雌雄同体。论写作，报刊上常见各类号称直指心灵的雅文；论为人，生活中常见种种道貌岸然的焚香、喝茶、抚琴的雅人……诸如此类，本来也都是正常人的普通日子，也是皇皇大俗的一部分；怕就怕因为自己作文作成这样，为人为成这样，便忍不住想把自己从人堆里往出拔，妄自菲薄不把自己当主流，非要往世外高人、灵魂脊梁什么的那儿拨拉，这一来就是真俗了。你看，它们也相通的。

如果非要在雅俗之间划一条界线，我个人觉得这条界线便是用心如何，不得已而雅便是真雅，雀跃求雅便是真俗。

警句与白开水

偶尔不免这么想：汉有赋，唐有诗，宋有词，元有曲，不同年代都有个主心骨文体，我们所处的年代呢？段子？

当然也可以列举小说、戏剧乃至报告文学，但特征不那么显著。如果把年代拟人化想想看，汉赋唐诗，宋词元曲，都挺符合这个人；而要符合当今年代这一位，还真得要数段子，疯魔杂乱，小聪明抖得花枝乱颤。

段子的特点是短小、浅显、逗乐，这三条恰好捅到当今年代的腰眼儿。信息爆炸，每个人要看的东西太多，反而什么都看不长，所以必须短。每个人要想的事儿太多，反而什么都懒得细想，所以必须浅显。古人讲苦难出诗人，想想司马迁，想想曹雪芹，反映出来的，其实是一不怕苦二不怕死，对苦难的承受力强，够坚韧；当今人呢，脆弱得多，一刻的苦也不愿承担，必须随时逗乐。

怎么就过渡成这样了呢？这个过程值得琢磨。这一过渡持续的时间很长，几乎宋代以后，一竿子直捅到今天。元曲是个长长的百足之虫死而僵的挣扎过程，一向结实紧致的文体，到元曲开始松散、戏谑，再而后一路溃败，直至今日的段子。

以上这番话，半真半假，真在是我对年代与人心的一些感受，假在此乃戏仿今人写文章的惯用伎俩——议题唯恐不大，不怕风大闪舌头，貌似说得头头是道有问题要谈，其实虚头巴脑一堆话，说了跟没说差不多。

我要说的还是写作流行病，怎么写就不好。像上述如此这般宏大牢骚，就不好。

另一种不好，和前面所说的年代问题有关联。文章好坏，也要考虑身处的年代背景。有些东西可能搁在唐朝宋朝好，搁在今天则不见得好，比如格言警句。唐诗宋词里有太多千古传唱的名句了，家书抵万金、报得三春晖，几乎人人都能随口说出一大堆。格言警句本身没什么不好，但是现在实在太多太滥。新闻写作中著名的"狗咬人不是新闻，人咬狗才是新闻"，讲的就这道理。

不止一个小说家曾经表示，要写那种无法轻易被改编成电视剧的小说，唯其如此，方可彰显小说之独立精神。这话显然偏激，还有拿姿势之嫌，但我又觉得不乏道理。太多小说在写作之初，就瞄着改编成影视作品而去，写起来就荒腔走板，失去独立精神。从小说家们的这一说法不禁联想到，当今写文章，好像也要努力写那种不容易从中找到心灵鸡汤、格言警句的文章。谁让我们处在这样一个鸡汤、警句俯拾皆是的年代呢。

不过所谓"允执厥中"，话又必须两头说着，避免格言警句，不意味着就可以松松垮垮，写成真正的白开水，一点讲究回味没有。有一阵儿我为躲避格言警句，过分追求平淡真实，结果被一位犀利的读者发现，批评我"无聊琐碎，什么鸡毛蒜皮的事都写，文笔拙劣，太口语化"。对此批评我并非全盘接受，但检讨自己，确有矫枉过正之误。从那以后又一点点往回找，找到现在，可以试着"去偏激化"地表述一下这问题，也许该这么说：考虑到当今写作环境，不要过分追求格言警句。

过不过分常常只在毫厘之间。写作的好与不好，探讨到最后，往往就像这样令人心生绝望——假如真有所谓写作的理想标准存在，比如就说在警句与白开水之间，有那么一条"中道"，一开始脱离两边的努力很容易，简直可以大踏步前进；但随着越来越接近这一"中道"，很多事情就变得只可意会，无以言传了。更何况它又不仅是写作本身的事，正如前文所言，居然还要和年代特征作斗争。

补充说明，常提到的"炼句"，并不在我所说"过分追求格言警句"之列。那个著名的案例"僧推月下门"还是"僧敲月下门"，后来是因为被当成故事传诵，才成了格言警句，它原始的意义，只在准确二字。准确，是任何写作者在任何时候，都应不懈追求的目标。

书法四法印

书法热，一众友人终日笔墨纸砚为伴，常在朋友圈晒作品。大环境也热，关于书法的新闻都上了热搜，书法名家的吼叫式书写、注射式书写不一而足，吸睛效应巨大。东京颜真卿书法展，成千上万国人专程赴日，排几个小时的队，只为看两分钟《祭侄文稿》，网上更有全民讨论之势。

我是书法爱好者，幼时学习，之后荒废多年，如今各种因缘，重拾笔墨纸砚抄经、临帖、写字，于书法一事，如同少小离家老大回，再见亲人，表面没多热烈，心底却是认回了亲人，从此安分过日子，书法，恐怕由此成了余生关键词。

既是关键词，就系心系情，想深入探索。年少孟浪，可以挥斥方遒，指点江山，这个好，那个不好，兴之所至没个准儿，缺乏一以贯之的规范。就说那些吼叫、注射，依我看很多嘲笑者暴露了无知，至于网友列出的"丑书"，其中不少恰恰是我以为的书法佳作。那么，评判规范何在？当然，我说规范，绝不是要大一统，更不是要凌驾他人审美，它只关乎我个人，我要让自己的审美标准前后自相洽。近来想到，佛教徒有所谓"法印"一说，无论三法印还是四法印，总之是楷定真伪之准则。那么，我自己的这个书法"法印"何在？

书法理论，至少可从汉朝扬雄、许慎说起，一路至今，汗牛充栋，通读下来虽然所获甚大，不过想要形成简洁明了几条法印，却是难之又难。如同常见的无聊大会发言，都很宏观，讲到晕头转向，也不知道回去做什么、怎么做。还是要靠自己。

思考、检验好几年，到今天终于总结出四条，可作我个人的书法"四法印"，我用它来楷定所见作品的层次。古人论书画，也有逸品、神品、妙品、能品之分，但还是虚，我用着心里不踏实。

书法分四步：第一步写的是肌肉，第二步写的是创造，第三步写的是文化，第四步写的是出离心。以下分而略述。

第一步所谓写的是肌肉，意指起初学习，临帖为主，先学其形。临帖其实是在改变肌肉的运动习惯、运动轨迹。从心行角度说，是收，收放的收。

第二步所谓写的是创造，意指临帖到一定程度，必须把先贤供到一边，自我创造。书法说到底是在自我表达，临帖再得其形，哪怕得其神，也是别人的形和神，你还是没有自我表达。更何况，你怎么可能得其神呢？王羲之家里几百亩地，仆人前呼后拥，他过的什么日子，你过的什么日子？你再俊美飘逸，能和他的俊美飘逸一回事吗？所以，要创造。创造，就是真实表达自我。这一步从心行角度说，是放，收放的放。

第三步所谓写的是文化，说的是创造的法度，要在一个大文化框架内创造。当然，我也明白真说创造就是目空一切，可那谈何容易，你以为目空一切了，实际满心魑魅魍魉，小算盘打得隔着肚皮都听到声儿了。一句话，还早，现在还不配真正的创造。那就需要塌下心来，拓展眼界，突破书法一道，在更大的文化框架里寻根溯源，以期融会贯通。这一步从心行角度说，又是收，收放的收。

关于第三点，有个好例证，不妨一说：马一浮先生曾经命弟子眷抄自己写的诗，弟子字写得非常好，但马一浮在眷抄稿上批出好多错误，比如"弓"字，他说第一笔那一横不可太长，太长就成篆书"乃"了；"讯"字，右半边的"卂"从乙从十，那一小横写成一点就成错别字了。一一批改完成，马一浮最后

280

说:"凡作字亦须有来历,自然雅洁有气韵。"你看,写字很容易暴露没文化的。

看到很多人写了一辈子书法,以我之见,连及格水平都达不到。注意,这不意味着他们的字不漂亮,写得漂亮有时候是天赋,有时候靠聪慧,有时候靠训练,但是没文化,就很难上台阶。很多写得龙飞凤舞的"书法作品",用文化准绳一量,死得很惨。在我的书法四法印系统,没文化的书写和好书法半毛钱关系都没有。

第四步所谓写的是出离心,意指书法一道,在完成肌肉训练、自我创造、文化贯通之后,必须上升到修心的高度继续追求,否则就只能止步于一条俗汉。出离心一词来自佛教,依照佛教教义,娑婆世界苦海无边,众生都该从此出离。转换到我说的书法的出离心,就是要努力做到无笔,无墨,无纸,无砚,无肌肉训练,无自我创造,无文化。笤帚抄地是书法,若风画空也是书法。这一步从心行角度说,又是放了,收放的放。

关于第四点,也有例证。古往今来例子不少,且挑个现代人说。弘一法师的书法,早年和晚年差异极大,早年篆书、魏碑是肌肉训练,是收。后来放开创造,甚至放到将英文写成书法,是放。皈依佛门后,书法从内容到形式,在更大的佛法语境下书写,又是收。至晚年,一切字形、锋芒、笔势,等等,一概归于无形，已出离书法，是真正的放。

四法印的意思说完，还要特别说明一件事：书法到出离心这一步，绝非终点，而只是个开始。这才终于走上阳光大道，真正的书法修习才真正开始。

"没有意思"的书法

最近在读周作人杂事诗。他旧学根底好，写过不少诗，但又常说不会作诗，说既无格律，又多出韵，只因五言七言样貌，粗似诗耳，万勿以诗论。

周作人自称这些五七言为"杂诗"。舒芜说，周氏杂诗与其兄长鲁迅杂文"俱为创体"，即文体、诗体创新。这么一联系，好像有点弦外之音了。

周作人在一篇文章里还说："我本不会作诗，但有时候也借用这个形式，觉得这样说法，别有一种味道，其本意则与用散文无殊，无非只是想表现出一点意思罢了。"

说至此，他又补了一句："寒山曾说过，分明是说话，又道我吟诗。"这一补，好像也有点弦外之音。

我是要谈书法。又要做一次个人书法展，总要说点什么，愧半天，难下笔。办展览于我已很惶恐，再妄论书法，好似俗语所说，蹬鼻子上脸。情急之下，想到周作人论诗这些话。

那些弦外之音万不敢高攀，都刨除干净，再套用过来，差不多是我对自己所谓"书法"的态度了——

既无真草隶篆轮番上阵，又多不符四尺八尺行业规矩，只因是毛笔蘸墨写在宣纸上，粗似书法耳，万勿以书法论。

我本不会书法，但有时候也借用这个形式，觉得这样写法，别有一种味道，其本意则与平常过日子，拿纸笔记个日记无殊，无非只是想表现出一点意思罢了。

前年承蒙一家美术馆垂爱，办了我个人书法展。《读库》出版了展出作品集《纸边儿》，在序言里我曾交代，重拾笔墨纸砚，缘起是每日抄经。抄经之余，用裁下的纸边儿，写点有意思的词句，这就是我的所谓书法之由来。

将近两年过去，又要办个展，不妨借此总结一下这两年的书写。

还在每天抄经，越抄越难，各种难。其余另说，单说写字，难在一以贯之。我多抄长卷，往往多日方可抄竟一卷。抄完先收好，过几天再看，每日接续的断点不甚明显，前后气息贯通，就觉得好。至于通常书法人士关注要点，我不在意。可是，至今卷卷都有断点。

抄经特需专注，但是越抄越觉心乱如麻。展卷细看，内心的七上八下、贪嗔痴，昭然若揭。固然有心越抄越细之故，可意识到这一点还是让人绝望，同时也会激起斗志。

不过说到底，抄经也就是一件日常事。前阵子费时整月抄一部经，每抄好一页，张贴墙上，全卷抄竟，满满一墙三十多页。拍了张照片，又一一揭下收好，看着墙面一片空白，一时恍惚，领会经文所言：如来有所说法耶？

还写纸边儿，内容略有拓展，更随意了。比如有天突然想到，有幸紧邻吴大羽先生永久展厅，吴先生喜欢陶渊明，就写了个"五柳先生对门"。有天查《说文》，"玄，幽远也，黑而有赤色者"，就把这句写下来。

还拓展了个新系列——"没边儿"。起笔收笔，大多溢出纸外，如同平面设计里所称"出血"。这么写，一是叛逆，从古至今，书法家们对运笔的一起一落，何止千言万语，莫衷一是，索性不表现在纸上又如何？

无知者无畏吧？且不管，说第二：做编辑多年，为他人作嫁衣，现在还有些许服务余势。见若干居家、场所，都因两间屋子相邻，两扇门间就有一竖长条空墙，就想，挂幅竖长条书法应该好看。

这第二点，要扯开再说几句。说是服务，但我这一代编辑，正逢市场大潮，服务归服务，还必有市场杂念。所以这么写，有艺术追求成分，也必须承认，有找市场的私心。

"没边儿"系列这俩来由，一无知，一迎合，大俗面目毕现。所以我听人夸雅，听人夸清夸净，都汗如瀑下。

说回这个展览，恰逢春节，一时兴起写了十几对春联。写完铺一地，红红火火瞧着格外喜庆。找联语时，网上一通搜下来，大多狗年旺旺旺一类，我虽骨子里俗，面上也实在下不了笔，于是翻出《古今岁时杂咏》，摘录一些"元日"诗中联句，算挽回半点雅的面子。

说到雅和俗，又想起朱自清写过一篇"雅俗之间"，文中说自宋时起，非但古文走上雅俗共赏之路，诗也走上同一条路。胡适也说，宋诗的好处就在作诗如说话。而周作人呢，近六十岁的时候，说从前看过的书，后来还想拿出来看，反复读了不厌的实在很少，大概只有《诗经》，其中也以《国风》为主，《陶渊明集》和《颜氏家训》而已。

《诗经》《陶渊明集》《颜氏家训》，共同点是都说家常话，周作人那些杂诗就是循着这条路走的。

周作人曾经大赞英国人利亚（Edward Lear，1812—1888）。利亚本是个画家，却以写 Nonsense Poems 出名。Nonsense Poem 通常译为"打油诗"或者"谐趣诗"，周作人按字面意思，直译成"没有意思的诗"。

周作人在写杂诗，其实亦即打油诗的同时，很多人在写"有意思的诗"，光阴流逝，时至今日，他这些"没有意思的诗"还有我在读，可见"没有意思"也自有价值。还是那个话，把高攀的意思刨除干净，我写字，说到头不过一句话，也是一些"没有意思"的写。

向《诗经》、陶渊明、周作人这条道路上各位前辈致敬。

纸边儿①

前　言

这两年每日抄经，未间断。当功课做的，不贪多不求快，更不志在书法，只管一笔一画，将一部部佛教经论从头抄到尾。每天只抄一页，大概两百字。抄前发愿，抄后回向。

裁纸会裁出纸边儿，不舍得扔。也常用八行笺抄，纸倒不用裁了，不过有时抄到半截出了错，换纸重抄，错页空白处裁下，也一条不扔。抄完经，总会剩点墨，就在这些纸边儿上再抄些

---

① 2016 年曾有"纸边儿——杨葵书法作品展"，同时书法作品集
　《纸边儿》由读库出版。这是作品集前言及展览结束后的回顾。

禅宗公案、诗文之类。剩墨有时很少，照样不忍浪费，多兑几滴水，抄出来墨迹淡些而已。这就是这些纸边儿之所从来。

也就是说，这些纸边儿都借了那些经文的"余势"。这么想想，再看这些纸边儿有点意思了，愿分享。

去年秋天在成都做过一次这些纸边儿的展览，反响挺好。冬去春来，经过北方漫长的一整个冬季，又积攒了些，在北京再做个展。这本册子，差不多是这次展览的图录。

比展览还是多了些内容，配了些片言只语。体裁上不妨高攀世说体，说成微博体也不错。内容是日常一些随想，或者读来的好意思，又或者佳句摘抄。有和这些纸边儿息息相关的，也有漫延说开去的，涉及用心，涉及艺术。因为都是蜻蜓点水、未及细述，所以只当助兴吧，将来有时间，想逐条展开说说。

回过头再说志不在书法，表面看是谦虚，其实不尽然。时下书法一道，我个人觉得扭曲程度不浅。说一千道一万，弱水三千只取一瓢饮，我这瓢水就是白纸黑字，至简至拙，却要动心。真草隶篆字体之炫技，六尺八尺纸张之挥霍，都可能会离书法愈来愈远。

书法在我，就是以笔蘸墨，墨落纸上。心浓时，墨浓；心淡时，墨淡；心乱时，墨飞散。

愿有缘看到这些纸边儿的人心生欢喜。

回　顾

6月15日，晴。中午烈日灼人，到了傍晚，凉风起，西天彩霞像搭积木，一块块明暗、颜色、形状各不同。抬头看时一念滑过：同一瞬间很多人和我一样在仰望天空吧。

美术馆的院子里，花草菜蔬在深呼吸，我在闲庭信步，一动一静之间，我在等一个人。说好四五点钟来看"纸边儿"展览的，堵在路上。我说不急，你是这展览来宾的大轴，一定等。

5月15日"纸边儿"展开幕，二三百人在展厅寒暄、合影、互道过年话儿。我很快晕了，不是形容，真是生理的晕。过后友人说，老葵大脸刷白。

当时的展厅，说话要抬高嗓门儿，房阔梁高只是原因之一，还因相互之间久不谋面。满场欢声笑语，两块巨大的签到板挂在入口处，没留下几个名字。过后另一友人说，光顾着唠嗑儿了，彻底忘了签到这回事。更有甚者，回家路上才想起满墙作品都没顾上看。

不少朋友后来再访，更多开幕式没来的也来了，每天好几拨客人。展期原定二十天，只因来宾不断又延长十天。我当然兴奋，除了其中一周赴外地讲课，几乎天天蹲守美术馆。有天早晨七点多就到了，大门紧闭，人家还没上班。我去高碑店街上寻早点铺，四处静到瘆人，才醒悟过来正值端午假期，家家户户难得睡个自然醒。羞臊地折回美术馆，坐门口生等。

说回 6 月 15 日，大轴友人终于到了，我陪着在展厅踏踏实实巡视一遍，出门时，将展厅所有射灯一一关闭，回顾光线已昏的整个展厅，合掩大门。半小时后，我已坐在一场和展览没丝毫关系的聚会上，自斟一口酒，一饮而尽，自我庆贺展览成功。

确实都夸展览成功来着，我也觉得成功，不过，我和别人说成功的点可能不同。大部分人说的成功，是基于鼓励的赞赏，装裱精、布展美、动静大、观众多、展品基本售罄，当然算成功，我则另有他想——

来宾中固然不少书法专业人士，可能和笔墨纸砚一直保持亲近的关系。但更多的人，和纸笔生疏已久，他们在展厅逡巡，好多人说了同样一个意思：很受启发，原来写字并非书法家专利，普通人也能自由书写，是该重拾笔墨了，还是笔墨写字更有意思。

来宾中不少佛教徒，他们在佛经长卷前驻足良久，饶有兴致地打听抄经的细节方法。我和盘托出个人点滴体会，好多人说了同样一个意思：也要开始抄经，抄经在当下真是一件大好事。

还有不少来宾，既没激起写字愿望，也未作抄经之想，他们在展厅转转，看看，再转转，再看看。看完出来，在园子里三三两两，抑或独自一人坐着，美术馆奉上一壶宜兴红茶，或者今春的碧螺春，他们就这么懒懒地一待一下午。好多人感慨了同一句话：这个下午真美好啊。

这些，接近我所感受到的"成功"。这样一个展览，如同引玉之砖，让一些人受到启发，写字不仅与肌肉记忆有关，也不仅与艺术有关，还和日常用心密切相联。他们可能从此亲近笔墨，亲近经典，或许就能从忙碌和烦躁的闷罐子里突围，每天一小时，哪怕就是十分钟，甚或一念之及，清凉善因可能都是不可思议的。

这么说，当然不能误会成只有给予，或者只有得到，显然不是这样。这个展览令我再一次深切体会到予与得的不可分割。每一个访客的前来，他们每一个反应，可能是一句话，可能是一个眼神，都引我更生信心，坚定前行。予与得就是这样螺旋上升，水乳交融起来的。

展览中间有一天，也是傍晚，也是我最后关灯锁门，就在斜穿展厅的行进中，突然觉得原本昏暗的偌大空间光芒万丈。千万别往神神道道那儿想，哪有什么光啊还万丈，那万丈的光芒，是我内心涌出的信心之光、前行之光。

器识与文艺

有句老话最近常见人引用：先器识后文艺。文艺不用解释了，器识说的是器量和见识。世事更迭，大抵缺什么吆喝什么，可能眼下文艺泛滥，而器识越来越缺，所以旧话重提。

少年时就读到过这句话，不过那时候读书，瞧着博览群书煞有介事，奈何大多没读懂，全属过眼烟云，几十年后再读，常常惊叹那书里居然有这个，这书里竟然有那个。

这句话大致读明白，或者说走心入肺，已是四十岁开外。当时读林子青先生编的《弘一法师年谱》，法师出家后写字，多用许霏（晦庐）所刊印章，在给晦庐的一封信里法师说：朽人剃染已来二十余年，于文艺不复措意。世典亦云：士先器识而后文艺，况乎出家离俗之侣。朽人昔尝诫人云：应使文艺以人传，不可人以文艺传，即此义也。

先器识后文艺之说，出自唐人裴行俭，他有点瞧不上唐初四杰那伙人，说：士之致远者，当先器识而后文艺。（王）勃等虽有文章，而浮躁浅露，岂享爵禄之器耶。弘一法师跟他的弟子丰子恺解过这段话，说"享爵禄"不可呆板地解释为做官，应该解释为道德高尚、人格伟大的意思。先器识而后文艺，译为现代话，大约是首重人格修养，次重文艺学习。更具体地说，要做一个好文艺家，必先做一个好人，一个文艺家倘没有器识，无论技术何等精通熟练，亦不足道。

我说大致读明白，正是对法师这番解释心生共鸣。

弘一法师年轻时，是多面文艺大材，出家后悉数放下，仅留书法一道始终不辍，所谓文艺以人传，具体到他个人，可以从其书法中得窥一二。说到这里必须补充说明：在我看来，"书法"是闲杂人等以惯有思维安在法师留下的那些白纸黑字头上的概念，法师眼里心里均无"书法"，他只是抄经写佛号，以此度人。他不止一次说过，还没放弃写字，是想让人看了心生欢喜。

弘一法师方外高人，我等自是不敢高攀，不过见贤思齐，对照他所看重的这句老话，想想书法之道乃至做人方向，倒是检点校正的好途径。

"书法"到底写的是个啥？具体到"书法"，何为器识？何为文艺？一言以蔽之，书法者，我手写我心。无论是写还是看，落在白纸上的墨迹是文艺，藏在笔墨纸砚后边的那个人，及其器量和见识是器识。

书法沦为一门职业是晚近之事，我们看到的古碑老帖，都是生活实用产物，兰亭序、寒食帖，祭侄文稿，张迁碑，一篇序言，一首诗，一封信，一篇墓志铭，诸如此类，没人写的时候就一门心思想着办展览、当字帖。所以我想说，铺纸落笔那一瞬间，无论是意识还是潜意识，假如仅仅意在办展览出字帖，这器量就小了。

书法也从来不止纸面的事，剑舞有神通草圣，海山无事化琴工，即使穷其一生精研碑帖，昼夜不停通临千遍，但是不去真山真海间游历，不曾关注吃喝拉撒，不在世俗人世间摸爬滚打，遍尝人间苦辣酸咸甜，这见识就浅了。

从来写字、评字者，绝大多数都止步于文艺层面，器识的边儿都没摸到过。好在明眼人也从来不缺，在他们眼里，器量和见识从每一幅字的每一个笔画线条里冒出来，袒露无遗。比如写的是雄才伟略内容，线条却哆哆嗦嗦，犹疑不定；又或者是胡乱鲁莽发泄，酷似土匪打家劫舍，才和略的影子都见不到。又比如写的是禅意十足的诗文，线条却是九曲十八弯，油滑媚态，种种逢迎；又或者是一潭死水，不见一丝生气，造作的极简，倒是精准地写出禅的反面。

常见的书法作品主题还有抒发退隐之情。"退隐"可算古往今来的文人雅士的一个主旋律，也是书家热衷的主题。写隐士隐居的诗文浩如烟海，取材分外便捷，可是绝大多数的退隐主题书法作品，字里行间都能读到活蹦乱跳的两个大字：名和利。

读文字不像看图片那样直接，但我是在写文章，也只能用文字来寻通感。汉唐时代，终南山是隐士聚居地，可是仔细想想，那是因为离长安城近，名为退隐，实则昼夜望长安，一朝皇帝有召唤，春风得意马蹄疾，只争朝夕就把终南山甩在身后了。这样的"隐士"，写诗写书法，举凡有文艺创作，绝藏不住名利渴望的小器量小见识。

再用诗句来举例。李白虽然喜欢咋唬，却是个咋唬的老实人，他写孟浩然：红颜弃轩冕，白首卧松云。醉月频中圣，迷花不事君。实际在他心里到底难"弃轩冕"，难弃"事君"。反观陶渊明：种豆南山下，草盛豆苗稀。晨兴理荒秽，带月荷锄归。道狭草木长，夕露沾我衣。衣沾不足惜，但使愿无违。不喊弃轩冕、不事君的口号，只有日常生活的烟火气，却是大大方方的真隐士。单就这二人这两首诗而言，前者器识为小，后者器识为大。

我这般说器识与文艺，有个前提的，正如裴行俭那句话开头所说，是默认"致远"为正道，如果觉得远方不值一提，井底空间已足够大，那就完全是另外一回事了。

齐白石的禅意

匡时拍卖第一季的头号大作，是齐白石画作《拈花微笑》。画了一个典故：几千年前，佛祖释迦牟尼在灵山会上，大梵天王献金色波罗花，佛祖即拈花示众，众人不解其意，唯有号称十大弟子之首的摩诃迦叶破颜微笑。佛祖说："吾有正法眼藏，涅槃妙心，实相无相，微妙法门，不立文字，教外别传，付嘱摩诃迦叶。"由此禅宗开教。

从禅的角度讲，写字的人在画画的人面前，永远自卑得很无奈。从古至今，虽有一些禅宗公案留传，无数禅师在问如何是道、如何是玄、如何是祖师西来意，听的人也都听得明明白白，那都是在变着法儿地问什么是禅，可就是无人正面回答。乍看是"非不能也，不为也"，其实是"不为也，亦不能也"。早说不立文字了，一着文字即非正传。

画画的就好得多，那些禅师虽都没有正面回答，但他们总得张嘴说话，说的什么呢？庭前柏树子、天晴日出、银碗盛雪、明月藏鹭……好多回答都是画。拈花微笑更是直抵终极的一个回答，结果就被齐白石画了。

齐白石作画向来大手笔，而且他的大手笔与《江山如此多娇》一类走磅礴路线者不同，那一线的字画在齐白石面前，会因为过实过大而显出滞重。齐白石的大手笔，是间不容发之间走马、针鼻儿里穿象。形象的例子，莫过他用裁下的废纸边，画下无数前无古人后无来者的神来之品，引得后世无数收藏家竞折腰。这样率性地于大小之间任意往来毫无障碍的大师，有资格来画禅。

可是这禅，虽说文字不可立，画出来就行么？说到底，画出来又着相也还不是正传。所以，怎么都不对。最好的办法是打岔。如何是祖师西来意？庭前柏树子。如何是祖师西来意？大好灯笼。就照这么岔。齐白石这幅画，就在打岔，拈花微笑是佛祖释迦牟尼的典故，但是画中趺跌坐着的这位，卷胡子卷头发，分明是被认作中国禅宗的祖师爷菩提达摩。这一下岔出了千年，而且直接拿祖师爷打岔，和前边说到的直达拈花微笑这一终极凑在一处，交映成辉。

岔也不是随便谁可以随便打的，在大禅师们那里，句句岔子无不暗藏机锋，话语一出，见地何如、修证几何，顿时明明朗朗。答不好要挨棒子，答不好不如不答。但是难在不答也是答，见地如何、修证几何，师父还是看得一清二楚。仰山禅师下田归来，师父沩山禅师问：田中多少人？仰山把铁锹往地上一插，叉手而立。师父就认他是个明白人。你去做一个试试，师父打死你。

无论怎么打岔，或是只管去做不管回答，不明白的人，看得一头雾水，觉得不过胡扯淡，明白人看了就拍案叫绝，通向秘关的钥匙到底何在呢？早有先贤指点，如果非要勉为其难为"禅"做个正面解释，可以说四个字：超越相对。田中多少人无法答，一答即分了你我，是相对；祖师西来意无法回答，银碗盛雪，都是一片雪白晶莹，没有相对。

齐白石好悟性，佛祖也好达摩也罢，拈花一笑已足够，佛祖、达摩本没有什么相对，可以说禅是佛祖，禅是达摩，也可以说禅是一枝花，禅是干屎橛，随便说去，反正都是一句废话，因为你想要说禅"是"什么，一有"是"即相对。

齐白石一生成就，常被人誉为大雅大俗，匠气十足又无不浑然天成，童稚之风盎然又无不老辣到极致，这也是一种超越相对。此时再来回想齐白石名言"学我者生，像我者死"，也是指明了超越相对之路，只有心心相印才是正道。

这幅拈花微笑图深具禅意，而禅一向是中国文人艺术家孜孜以求的至高境界，所以此画弥足珍贵。如果你在纷乱的尘世难求片刻宁静，离心灵的真谛越来越远，不妨静静地站在这幅画前，用心去会会齐白石，他拈花，你微笑。

耘于空漠: 吴大羽的超越之道

吴大羽，中国二十世纪美术史上一个了不起的大写的人，一个真正能以现代的、抽象的作品，与世界顶尖画家并立的画家，1949 年以后，无个人画展，无个人画册，五花八门的官修私著美术史里亦不见经传，八十年代《美术》杂志难得发表一次他的作品，还印颠倒了。直至今年，一个挚爱他的晚辈李大钧，默默编辑出版了《师道——吴大羽的十封信》以及十七斤重的《吴大羽画集》，筹办了一场没有任何这"坛"那"院"色彩的吴大羽画展。且不论画不论文不论艺术，单是把吴大羽假设为作家笔下一个人物的一辈子，这里头的故事想想都太吸引人了。

至少对我如此，一个极度重霾的冬夜，当我初次读到吴大羽那十封信，初次看到他几十幅油画作品的照片，想到这几十年吴大羽可能经历的种种，感觉有一股光，刺穿世界末日一般脏透了的夜空，一时心生拍案而起的激越。

恐怕很多人，会很自然地开始想象共和国这几十年的社会政治变迁，感叹成千上万文化人的遭遇，甚至想到家破人亡、妻离子散这类苦情戏。这些内容之于吴大羽，虽非没有，但如此描述吴大羽，致力为他"平反"，使之"重见天日"，以及什么恢复"公正的待遇"，那是更大的悲剧。或者说，如果只见到这一层，就根本没读懂吴大羽，你把他又拉回了烂泥潭。事实上，吴大羽后来作画，连姓名都不签署了。而且早在1941年他就说过，"既久久习默于无声和应大地，而不须责怪历史或环境不为天才以方便"，他早已自觉地超越了这些尘世间的阴阳诡谲、名利善恶，脱离了低级趣味。请别再借他浇自己心中的那些低级趣味之块垒了。

吴大羽很早就说过："真的艺人，大都应该归入进天命挨苦的一群人中间的。"这是所谓的"诗可以怨"。钱锺书曾在日本早稻田做过关于苦难出诗人的专题演讲，详细爬梳了古今中外的这一艺文现象，以及历朝历代由此现象总结出来的文艺理论。"诗可以怨"确实几乎是一把放之四海而皆准的金钥匙，但是"诗可以怨"的这个"怨"，以及类似的诸如什么"古来圣贤皆寂寞"的这个寂寞，都只是个起点，如果不能超越这个"怨"和"寂寞"，沉湎其中忧愤激荡，就很难彻底斩断低级趣味的根。

必须超越，苦难只是需要超越的最低限度，接下来要超越一切概念，超越一切的相对，唯其如此，方能豁然开朗。超越之道漫漫兮，人人上下而求索，吴大羽的超越之道，在他的书信、随感录、诗作里，不难找到一些足迹。

吴大羽是个中国人，学的却是西画，所以很自然地，首先要超越东、西方这一组概念。他说："所说的东方学西方，或西方学东方，这种说法太狭窄了，其实质是'异方'。艺术上此方学彼方，有什么好说的呢？"他又说："人们常说的东西方艺术结合，范围仍太小，太狭窄了……东西方艺术的结果，相互溶化，揉在一起，扔掉它，统统扔掉它，我画我自己的。"那些至今还在"东西方结合""越是民族的就越是世界的"的概念泥潭里打转转的人，不妨仔细琢磨吴大羽这段话。需要说明的是，这其中所谓的"异方"，应属为表述起见，不得已而树立的一个新概念，万不可才出虎口又入狼穴。

继续，要超越时空的概念。吴大羽说："诗人或画家，够得上享有流传后世的光荣，并不能如他们想愿上的那末多，并不能如他们毕生精力的那末充沛、可观。总只能留下一点点的精华部分。因为这一光荣，要通过历史的提炼。尽管他们毕生自负做了多少工作、作了多少画或诗，要是华而不实，流水般的时间会不客气地渐渐把它涤荡尽净，不余半点一滴的。能传名的大家，留得上后人心眼的杰作，也往往不过几点的丹青或一二首诗章而已。而值得留存的作品，光辉倒不是看上魂灵的大小上的。"超越时空要先从现时现刻抽身，当然你也可以将之理解为，这是要为后世写诗，为未来画画。但是，对于志在超越之道的人，为"身后名"只是手段，绝非目的，它的着重点在抽身，而不是建立一种新的束缚。

读到这段时，想起前段时间刚做的柳宗元课题，他在人生最低落之时，也是留下了类似的人生探索足迹，他在给友人的书信中说："贤者不得志于今，必取贵于后。"如何"取贵"呢？"能著书，断往古，明圣法，以致无穷之名。"依我理解，这段话的要点同样在"无穷"，而非"名"。

吴大羽走到这一步，什么政治，什么画坛，什么东方西方，甚至什么苦难，对他而言，不过镜花水月，此刻他心中的镜像是："天给画人以明眸，得纵目驰骋于近远今古，得心应手，宜无复受阻间于时空。"

吴大羽在超越之道上坚定前行，到底走了多远多深，从他的片言只语里，可窥到丝毫消息。他说："美在天上，有如云朵，落人心目，一经剪裁，着根成艺。"他说："（画人）一朝能自拔于性心之学之蔽的束缚，又能从贫陋恶鄙中间越狱，返归其明净时，将易于瞭然整程画道的远长，而无所犹豫于引笔前进的。"他说："所谓创造，无非是以新的活力，突破陈腐的桎梏

306

而已。"吴大羽的超越之道,也是他的创造之道,而这一创造,绝不是一诗、一画、一物,那些只会是新一层的"桎梏",他的创造是力,"新的活力"。

吴大羽曾经几次说到过"老",1941年致吴冠中信里说:"日月掷人去,老且至,很不自安。"七年之后,还是在给吴冠中信里又说道:"身心多疾,一无是处,老将至,幸留童心。"再后来,他在一段随感中又说:"人老了,有一种好处,会认识欢愉同悲哀的结合体,会认识生命的必须流连又必须放弃到必然放弃。"好一个"必须流连又必须放弃到必然放弃",简直是吴大羽超越之道的浓缩总结,假设能解其中之味,大概才算入了吴大羽之门。

势象大美①

十八般兵刃是给武举子们留的，菩萨佛像是为凡夫俗子备的，真得道者，树枝划空利剑百倍，祖师现前廓然无圣，具象皆是摆设，相对统统超越。端详《吴大羽纸上作品集》里一千多幅作品，可见一位求道者的足迹。

晚年吴大羽，历经生活的颠沛沉浮、画艺的上下求索、思想的千锤百炼，以及心灵的苦修悟道，迎来真正创作高峰。这高峰不仅是对吴大羽本人而言，中国抽象艺术的顶峰也由此增至新高度。

沪上闹市区，一间无窗的阁楼，方寸之地，吴大羽穿越千年时

---

① 此文为商务印书馆"吴大羽纸上作品展"前言。

空，和他最喜欢的陶渊明两心相印，心远地自偏。这一远非一般远，远到空漠中耕耘，"把天地为画框，点染心胸"；再用宏观入微观，"夺人所未悟，创人所未睹"，"可以把示寸衷，佈须芥，指划去来"。

经此一宏一微，往复去来，从此贯通天地，喜获大自由。无论水彩粉彩水墨，无论铅笔钢笔蜡笔，无论纸张厚薄长方大小，无不信手拈来自由运笔，皆成至纯、至真之势、之象、之大美。至此，他探索几十年的"势象"之路，通过如此之小的一幅幅纸上作品，完整、成熟、透彻地呈现。

"势象"一词为吴大羽所创，上世纪四十年代，他给学生吴冠中的信中说："这势象之美，冰清玉洁，含着不具形质的重感，比诸建筑的体势而抽象之，又像乐曲传影到眼前，荡漾着无音响的韵致，类乎舞蹈美的留其姿动于静止，似佳句而不予其文字……"

无形无质必缥缈，却含重感；建筑最在乎形状，却抽象之；乐曲本是音声，却传形影到眼前；舞蹈最具动感，却是静止；文学最求美言佳句，却偏不用文字。可见这所谓"势象"，表面一层意思是要打通绘画、建筑、音乐、舞蹈、文学等等所有艺术门类，又不受任何其中一门羁缚而凌越其上。更深一层的志向，是要拆解根尘耦合，直奔超越大道绝尘而去。

也正因此，这一切，颇有深意地一言冠之曰"冰清玉洁"。冰清玉洁者，最常见的比喻便是喻道之月。

势象之"象"，绝非形象之"象"，一个"势"字已将这"象"穿透。如今我们再反观势象之"势"，从汉字源流角度考察，竟别有一番巧合——势，旧写作"勢"，形声字，从力，执声。力，吴大羽一直崇尚力，创造之力。执，既通势，又同藝。吴大羽，势象，艺术，简直一场天作之合，天显大美于斯！

"苦茶"蒋兆和

"人道主义之光——蒋兆和文献展"结束了，一个月展期，文化艺术界出现一场不小的蒋兆和风潮，诸多学者、文化人、艺术家和媒体发声，重新打量、讨论、研究蒋兆和。

新中国绘画教育体系，向有"徐蒋体系"之说，徐悲鸿、蒋兆和并列中国现实主义绘画两个标志性人物。但是毋庸讳言，比起徐悲鸿的辉煌夺目，蒋兆和貌似一直处于从属地位。这还是在美术业内来说，扩大到广泛民众层面，尽管共和国好几代人早在小学课本上就欣赏到蒋兆和笔下的杜甫、李时珍等形象，打小儿家里就挂着蒋兆和《给爷爷读报》等年画，但是画红人不红，多数人对蒋兆和这个名字较为陌生。也正因此吧，这次展览多少有点唤醒记忆、榫卯相合的效用。唤醒记忆是针对美术业内而言，榫卯相合是针对民众而言，榫是蒋兆和，卯是童年记忆里的那些人物画。

我因工作室就在展厅隔壁，近水楼台，得以反复多次伫立于展出的蒋兆和创作于不同时期的十二幅原作面前，而且每次都是趁展厅悄无一人之时，凝视这些原作，体会画面、线条背后蒋兆和先生的呼吸。

当初布展时，策展人说那篇《国画写生的教学问题》长文一定要全文原大展示，一万多字的书法长卷，将近二十米长啊，为此我还去展厅参与具体设计，要利用不同墙面拐好几道弯，才能完全展出。当时没有细读过这篇文章，暗想单从布展角度看，这么个展陈法儿，会不会显得单调？

当天晚上从头到尾再读那篇长文，看呆了，简直要说非常惊讶。一是经历了这么多年五花八门的各式"突破"，关于中国画的现代性，到底怎么回事，这篇写于1956年的文章说得如此深入精辟，还说得那么实实在在；二是说了那么多年"徐蒋体系"，可是细看这次展出的作品，再细读这篇文章，徐、蒋二人差异性太大了，诸多方面，甚至在根本理念上，差异性大于相同性。

文学界也常有这种现象，"竹林七贤""初唐四杰""豪放派"……一路下来直至比如"新月派"等等，文学艺术史家们特别喜欢划分归类。但实在是太粗略了，已接近如今机场车站常见的那种"一天读完中国史"之类的不负责。就说"新月派"吧，徐志摩和闻一多，再和胡适，差着多老远呢，怎么可能一以论之？这种划分归类背后，是一种粗放式整齐划一、下结论的历史观和方法论在作祟，身处当代的我们，该摒弃这样的粗糙。

展览期间，中央美院于洋教授在展厅做了一场"凝望之眼——蒋兆和与二十世纪中国画的现实关切"讲座。讲座中说蒋兆和是"显学"，这一说法当然没错，但细究又不尽然，蒋兆和虽然一直被列入"体系"，但也只是"体系"一分子这样的显学，亦即传统历史观和方法论语境下的显学，而非现代历史观与方法论语境下大写的、个体的显学。蒋兆和这一个体被埋得挺深，值得仔细挖掘与探索。

蒋兆和屡屡以"苦茶"自喻，这一点也常被史家、评家提及。喝茶的人都知道，苦分两种：一种是舌面之苦，舌面的味感，很容易化开，所谓"回甘"；另一种是入心之苦，最常见的是黄连之苦，是化不开之苦。蒋兆和之苦，是后一种纯纯入心之苦。他画流民，画苦难，不是在表现苦，或者"痛感民生之艰"这类游离在外之苦，他对笔下的人物，不是那种我是我、你是你，我要画你了的情形；他没有把自己摘除在外，没有你、我之间的间离感。他是感同身受，把自己彻底融进去了，他就是《流民图》中的一个人物，用句套话就叫作同呼吸共命运。正因为有如此置身其中的用心，他笔下的苦才达到了崇高之境。

融入其中，必将带来自我升华，这升华的起点是对笔下人物的极大尊重。无论是 1949 年前的《流民图》《还乡》，还是 1949 年以后他画的《邻家女》《西双版纳一小姑》，甚至那个抓着脚丫儿的小孩……仔细观察画面，会发现，无不略带一点点仰视感。这一特点在蒋兆和人物画创作中好像始终没变，哪怕是《邻家女》，画中人物是低着脑袋的，仍然可以明确感受到那一点点仰角。

我自己平日也写写书法，写字的时候，是把那些汉字当成工具，我要写你了；还是我和这些字是一体的，我也是这些笔画的组成部分——不同的用心之间，是有巨大差异的。我知道从用心的角度想融为一体、略带仰角有多难，技法、理论这些东西，在用心之正、之深、之细面前不值一提。

中国画从古至今都在唠融为一体、天人合一这套嗑，所以从道理上来说这不难理解，但真正做到的人并不多，可能就是大浪淘沙淘下来的这些顶尖高手做到了吧。可是且慢，这里面还有另一个问题——古人画山水，画花鸟，寄情山水之间，描摹美好情境……在我看来，相对而言融为一体比较容易，而像蒋兆和这样真正关注现实，关注身边人——他画的古人，比如杜甫，也没把他当成古人，而是当作现实中人来画的——并且用最为直白的线条来画，不做任何变形与粉饰，这需要极大的勇气与自信。再要融为一体，难上加难，远非画山水花鸟的用心可比拟。

所以我觉得，蒋兆和是个真正具有现代性的中国画家，他的现代性，表面是题材的现实主义突破，背后有更深远的东西，那就是对笔下人物的情感，是充沛的、激烈的、悲悯的合二为一，而不是传统的冲淡、宁静、高远一路。和西画传统，当然差异就更大。也正因此，当年石冥山人（邱石冥）曾如此评论蒋兆和的画："如果拿国画的画法，来称量他的画，不对。拿洋画的画法来衡量他的画，也不独对。"我倒觉得，这就对了，这就是蒋兆和，就是他的了不起之处。

佛教里边有一个词叫"不请友"，是说佛菩萨的，众生并未请求，佛菩萨也以大悲为其之友，给予利益。我觉得蒋兆和对笔下的人物，就是这样的"不请友"，他随时都在，而不是"我在画你"。

南方人朱新建

朱新建一直被称作鬼才、奇才。依我看，"鬼、奇"云云，用词都有点浮夸，真实情况很简单，一个艺术家，跟绝大多数人做的不一样，比如"画的女人，没有职业、没有道德、没有思想，只有春困与性欲"这样的事儿，别人用脑袋里固有的一些概念和经验无以置评，就扣上这么一顶仿佛置之四海之另类皆准的帽子。

朱新建不怪，依据同为艺术家的他的儿子朱砂说，朱新建日常说话"有一种南方人自谦诚恳的口吻，讲的是一些生动直白的故事，让他即便是站在一个极端的立场，也不觉得刺耳，乍听之下觉得可以和他是一拨的，甚至主动和他站在一起"。还说他谈论事情"永远互相勾连着，分也分不开。这样态度上的模棱两可，是南方人喜欢的谁都不得罪，也不白也不黑，只带一点赤"。你看，挺温和一平常人，不怪不奇也不鬼。

朱砂这些评论父亲的文字，是作为朱新建文集《打回原形》的序言发表的。朱新建去年过世，朱砂今年编了这本书，一来算是纪念父亲，二来也整理一下朱新建留在人世的文字。蒙朱公子信任，我帮着编了一稿原著，编得荡气回肠，连连击节。书上市后忍不住又挑了些精彩章节重读。这遍读完，闲极无聊的时候，还会不时拿出来翻，还会不时发现一些之前没留意到的精彩。我的意思是，这本书值得反复读。

不少六十岁上下的艺术家、文化人，不约而同都在做着同一件事，即从纯个人角度串讲一遍他感兴趣那个领域的历史。比如阿城，曾经有几年多处演讲，后来把演讲稿整理为《闲话闲说》一书。表面的模样是长篇随笔，骨子里是以他个人趣味，串讲一部中国俗文学史。再比如陈丹青，以最时髦的视频媒介，通过梳理西方绘画史的一些"局部"，从纯个人角度串讲西方美术史。朱新建这部《打回原形》亦可作如是观，他用比前二者更散乱、更蔓逸，同时自然也就更真率、更大胆的方式，串讲了一遍中国文人画的历史，甚至是整个中国画历史，乃至于整个中国艺术史。

细考这一现象，大概有几点可说。一是这一代人从小在新中国新教育体制下接受历史教育，人所共知的原因，漏洞不少。后来随着社会进步，视野愈渐开阔，颇有痛定思痛、拨乱反正之需求。二是人到一定年纪，随着学识的积累，见识的增长，以及思考的不断积淀，也容易更自信，进而形成更加个人化的历史观。三是至少上边提到的这三个人，都在创作实操的领域打滚儿探索多年，有充足的实践，所谓"见修相长"，实操进展到一定程度，于见地有所突破就成了迫在眉睫之事，内心自会有站更高看更远的需求，梳理历史，就是更高更远的表现之一。

朱新建串讲的中国画史到底如何，在此不做具体剧透了，大致是两个主干，一是宋为顶峰；二是本真为上、生命力为上、天性为上。

说说"本真"。一个"真"字，伴随人类历史从头讲到尾。"真善美"，真字当头，至重至要，然而这个"真"到底说的什么，一万个人有一万个理解。当下来说"真"，情况要更有趣些。科技进步导致我们有种错觉，仿佛很容易发掘"真相"，比如"人肉搜索"，什么犄角旮旯的信息，瞬间皆可捕至眼前，可是，这就意味着真相易得么？怕也未必。有句老话儿说，"天线很多，图像不清"，有时候"知"得越多，往往被淹没在里头，反而与"智"愈行愈远。"真"属"智"的范畴，而"知"与"智"显然不是一回事儿。朱新建讲"真"讲得别具一格，一个真实的人，真实面对自己时，是个怎样的状态？本人生活状态由此又有何变化？书中有不少细论。

从对"生命力""天性"等要素的不断强调，不难看出朱新建既重视天分，又不偏废艺术本体，大致要算艺术本体论的艺术观。对中国文人向来爱讲的诗中有画、画中有诗，他不太以为然，相反，他赞同"诗不落禅语"。他觉得太多文人、官员（特指古时真正有才有料的文人、有文化的官员）参与绘画这一游戏后，把本体绘画"掐死了"。比如他说金农，画得很文气，文化内涵深，但对绘画本体的破坏也是非常厉害。对此他感慨道："继青藤和石涛之后，好不容易建立起一点的本体绘画，在金农手上又被打掉得干干净净。"而朱新建认为宋王朝画院之好，就好在那时候的画作还可以看到比较完整的本体绘画的影子。

就好比老说诗是语言的艺术，但是长期以来，在绝大多数人的认识里，还是要反映个什么、表现个什么，很难回到语言的疏密、节奏这类语言本身来讨论。绘画也是如此，都说中国画是线条、水墨的艺术，可是真要回归到线条的力道、水墨的比例这类问题，在很多人那里没了"反映"，没了"表现"，不能"画中有诗"，一句话，没个抓挠，就真无法接受。从这一角度讲，朱新建串讲的这套中国画史，也可以说是侧重于本体绘画的一部历史。

话说回来，朱新建这样的年纪，所受教育的背景，导致他终究难以一丝不挂挣脱意义审美体系，最后他还是不自觉地找了个大背景作依托，那就是"文化"。所以我说他的艺术观"大致"是艺术本体论。书中有段话透露了这一消息："我到今天的认识，审美的层次就是在比谁更真诚，而不是说谁的形式更花样翻新，形式完全可以不动，你要讲腐朽，谁的形式有齐白石腐朽？你要讲时髦、轻佻，谁的形式有林风眠轻佻？水粉、明暗、高光，他什么都弄，无所谓，他依然那么朴素、那么真诚。你要说瞎弄，谁瞎弄得过关良？整个跟涂鸦一样，但是他内心的文化层次在那儿，对文化体会的深度在那儿，你就觉得他非常深沉。"注意啊，一边在说明暗、高光，一边又找到了个"内心的文化层次"。

朱新建不算太长的一生，亲历中国艺术品市场瞬间爆棚的一整个过程。他的同辈艺术家们，不少人在这一过程中迷失，丢了自己。《打回原形》里虽然没有对此长篇大论，但不少片言只语，都能看出他对这一问题的思考。

他在"画一无是处的画"一文中直截了当地说：画画永远是少数人玩的游戏，少数人在画，少数人在买，大多数人读印刷品。大部分画廊要完成的事，就是美化一下老百姓的生活，花几千块钱买一件挂在家里，显示有点文化，如此而已。所以像他这样的人，不能指望群众都喜欢他的画。他说："我一年画一千平尺，这也是因为目前需要钱来过相对宽裕的日子，假如我的画卖到三万一平尺、五万一平尺，我也不会画这么多。"

显而易见，朱新建对艺术与市场，以及功名利禄之间的关系，一直非常清醒，保持一个智者应有的态度。面对利益引发的巨变，随时需要"降伏其心"，但是愣压是压不住的，摁了葫芦起了瓢，说不定愈抑愈盛。智者的态度是以心的智慧扫荡之，转识为智，化敌为友。

我读《打回原形》，还有一个不时冒出的读后感——爱好文艺的人，尤其应该读读这本书，可能会帮助很多人更加坚定一种有着较高质量的人生追求。朱新建在书中说："人类这个欲望究竟靠什么能够遏制住？这个很困难。所以我开玩笑说，艺术、审美这种败家子的玩意儿，生产出的很多'废料'，从物质上说，它是没有用的东西，但这个没有用的东西可能恰恰会有很大的用处，它让你取得另外一种快乐，不耗能的，不消耗物质的一种快乐。这种快乐深度很深。"真是这样，人生之枯燥乏味与无趣，会随着年龄的增长，愈加凸显，每个人都不妨提早为自己预备点抵御这份枯燥乏味与无趣的武器，对很多人而言，艺术是选择之一。关于这一条，书中有不少高论散见多处，可加留意。

朱新建文风极活泼，所以文章都很好读，也都不长，一旦读进去，特像身处一家情调足足的咖啡馆，偶遇个风趣老男人，随便聊聊就浑身舒泰，而后欢笑而去，了无牵挂。他聊花鸟画时顺嘴说道，"曾以为从古到今，不会超过十只好鸟"；他老是忍不住夸赞宋徽宗，说着说着自己也觉赘述，笔下一转说，"不说皇帝了，说个奴才玩玩"；他说，"中央美院可以改名叫中央美术情报交流学院"；他讲民国几大家画风，"有这么几个人，一个是穿着长袍马褂的糟老头子，可一上了篮球场，生命力一点不比乔丹差，这人就是齐白石。第二个西装革履一副洋场恶少派头，可一开口朴素得像个老农，这就是林风眠。还有一个光着膀子蒋门神似的，再一交谈才发觉对方学贯古今，那就是关良了"；还是聊民国这几个人，他还说，"吴昌硕也算比较倒霉，假如没有齐白石，他可能聊备一格，因为突然出了个齐白石，他的作品就变得整个没有意义了"……这类朱式特有的议事法，全书里俯拾皆是，生动极了。

说了以上这么多，回头再看朱砂序中两次提到朱新建是个"南方人"，我简直要大逆不道说一句：知父莫如子。子路曾经问孔子关于"强"的问题，孔子说，"宽柔以教，不报无道，南方之强，君子居之。衽金革，死而不厌，北方之强也，强者居之"——用宽容柔和的精神去教育人，人家对我蛮横无礼也不报复，这是南方的坚强，君子具有这种坚强。用兵器铠甲当枕席，死了也不后悔，这是北方的坚强，勇武好斗的人具有这种坚强。《世说新语》里也记载了一段关于南北人之差异的话，褚季野对孙安国说"北人学问，渊综广博"，孙答曰"南人学问，清通简要"。后来支道林听到这段子又说，"北人看书，如显处视月；南人学问，如牖中窥日"。《打回原形》里呈现的朱新建，风趣、机智、恣意蔓逸，但又形散神不散。这个"神"是什么？宽柔以教、不报无道、清通简要、牖中窥日，这几个形容词不失为打开朱新建之"神"的几把钥匙。

老树的江湖

早年，如我一样的出版社编辑热衷于翻报刊，希望从中发现新作者，继而约书稿。后来报刊式微，绝大多数新作者转战网络，就又追着五颜六色的屏幕找，论坛、博客、微博。如今早已离开出版社，但这习惯留下了，看到网上有好作者冒头，还是很兴奋。比如2011年7月的某一天，看到"老树画画"在新浪微博贴出第一幅画，内容是为那场震惊中外的动车事故罹难者祈祷。两天后，他贴出另一幅画，并附题诗"自我检查"，首句这么说的："每天对镜看看，是否已经成猪。"从那以后就一直盯着他。

一盯四年，到2015年7月，老树已凭微博上的千幅画作，成了千万读者心中"性情中人"一词的代言人，还是他们心底"在家拈针绣花，出门提刀杀人"的大侠。

月底，承蒙老树相邀，为他新著《在江湖》发布会站台，现场人多到完全插不进足，空调形同虚设，空气中弥漫着一股溽暑特有的馊味。因为此书的出版，网上一时更是何人不识君，满屏是老树。在一条被转最多的文章里，压题配图上的题诗是一首五言打油："江湖正大乱，不想变成猪，山中刨一坑，蹲着翻闲书。"至此，一场为期四年的小轮回首尾相衔。

四年来，我读老树的画，读他的打油诗，以及画上的书法，对他的经历、师承、性格、审美，等等，有种种猜测，可惜他在微博上只贴作品，从不闲言，我也只好仅停留在猜测层面。此番《在江湖》面世，内有近十万字的详尽自述，是他从2008年写起，陆续写至2014年完成。读来不时会心一笑，我的种种猜测一一坐实。我很喜欢这十万字，如果纯凭个人喜好，我甚至想说，老树文字第一，书法第二，画排其三。不过这类总揽全局一言以蔽之的话，向来形式大于内容，故作惊人语可以，经不起细究的。老树的文、书、画三合一，是个太难拆分的整体。

倒也不妨当成三个角度，来解读老树。先从画说起。

老树的画，很多人议论像丰子恺，像金农，像这像那。这么说的人，可能"像"与"被像"的作品都看得少，了解得浮皮潦草，盲人摸象。不能因为画中人也穿件民国式长衫，就说像丰子恺；不能因为金农画一池荷，老树画一池铜钱草，就说仿了金农。要这么论，全天下只有两幅画好了，一幅写意，一幅工笔。

读老树这十万字，就知道他"走红"以前，在画上花了多大功夫，做过多少临摹作业（偏偏没临过丰子恺和金农），对古往今来绘画的研究有多深入独到。这些是水面下的冰山主体，也是厚积薄发的那个"厚"，人家花大半辈子琢磨出来的，您一分钟就能瞅个底儿掉？咱谦虚点好吗？

我看老树之画，题材内容之新颖还在其次，线条笔法、用墨布局，这些绘画本体元素，看似轻松随意，实则有破有立，内涵丰富。来历挺杂，忽古忽今，但他不知道使了股什么巧劲儿，居然就融会贯通成就了自己。不盲目自大，也绝不妄自菲薄，找了个不偏不倚的奇巧位置，就那么真率地直抒胸臆了。

仿金农？他明说了不喜欢扬州八怪。铜钱草仿荷花之论，令我想到老树在书里说到，一个水墨画者，有乡村、山水间的生活很有必要。他觉得，中国传统绘画总体说还是农耕文明的产物，所以题材基本就是乡村题材，山水、人物、花卉、走兽，等等，于没有乡村生活经验的人而言，画这些就是"写生"；对有乡村生活经验的人，画的"其实已经不是那些花草和山水人物，你画的是你自己设身处地的生活经验和情感经验……你甚至只要沉入到回忆当中就足够了"。你看，其实根子在这里。

像丰子恺？他说，就是想表达一种"想象当中的民国趣味，雅致、简静、平淡，有世俗的热闹，但又不太喧嚣"。如果只说到这儿，就是个常见的民国风情爱好者。老树接着说，"民国有没有这样一种趣味，那得从民国时代过来的人才说得上来，我不知道。我就是想象着民国时代是这个样子"。这一补，看得出，他清醒。

对，老树画画一大特点是，不仅是在画花鸟鱼虫这些客体，还随时在画自己的内心，所以可以清晰感觉到，他醒着，他的目光一直是内外并看的。书中讲到"直面现实"，他说："我们经验中的人事，六根感受到的物体是我们最容易明白，也是我们最常说及的现实……但现实还有很多的层面，有些是我们看不到的，比如极其微小的微观世界……这些且不去细说，单就跟人的生命活动直接有关的现实当中，还有一个特别重要的层面，那就是人的内心现实……"我个人觉得这段话，可以说明老树之画何以虽是小品却有大气象，也可以带读者去看海平面下老树这座冰山的主体。

再来说老树文字，包括我喜欢的这十万字，以及所有画上的题诗。

老树文字有股特殊的稳，并非四平八稳那种寡淡之稳，亦非精巧设计那种做作之稳，更非风轻云淡的鸡汤之稳；他是左冲右突，纵横捭阖，又胸中有丘壑，可点百万兵的动态之稳。快人快语，口无遮拦，得意处长篇大论，愤怒时脱口骂娘，论人事也常有论据不足便下大结论之嫌。按说，这么个写法非常危险，容易跌入莽撞汉子夸夸其谈的恶境，但是没有，得力于几点——力量、心智、修养。

这三个词，是老树谈及何谓"雅致"时，掏出的三把尺子，意思是说，力量不够，心智不够，修养不够，只能是媚雅，其实是个俗。老树文字恰恰因此三条，确实有了股冲破雅俗的浑圆之感。想想不奇怪，他在文学、摄影、设计、绘画、教书等多个领域扑腾三十年（扑腾的艰辛，书中时有提及），现在回头想，要感谢老天爷，始终没让他在任何一个门道大红大紫，所以他能稳扎稳打，以这三把尺子打磨自己，到如今这样全面熟透了的年纪，想不从容想不浑圆，那是底子太差。

更往深说一层，其实还是被说烂了的那个词——真诚。老树说，最重要的还是"心中有没有话要说，其次是你把想说的话是不是清楚而且充分地说出来了，至于怎么说不重要"。他还说："画什么不重要，怎么画、用什么材料和技法来画也都不重要，重要的还是你的表达是否诚恳和有内涵，最终形成的作品是否能够动人心魄。"对此，他援引罗兰·巴特的话，说罗氏在一本书中讨论摄影之本质，说对一张照片的判断，标准就是"感动"。这些话是在聊画画，用来说老树的文字同样正中要害。

讨论老树的文字，万不可忽略那些题画诗。诗比文难，格律诗更难，把打油诗写到不俗，难上加难。在我个人狭窄的阅读经验中，近百年来打油诗，聂绀弩是个奇葩，读到老树，又是眼前一亮。他的题画诗，风格非常多变，有《诗经》古风体，有谐谑串联体，有流行歌曲体，有纯打油体……还有很多，篇篇水到渠成，不乏打油打到浑然天成之气概。

最后来说老树的书法。

从未见过老树独立的书法作品，书法在他笔下，老是个低眉顺眼的小媳妇，不哼不哈洒扫庭除，生火做饭，兢兢业业地甘为文、画二者的联结媒介。可我自己近年迷书法，所以看他画中题诗的书法，感触颇多，但其实这条最难说。

难说在于，他显然有诸多临帖功底，但最后呈现出来的，又完全化这些训练于无形，无汉无魏无唐，无碑无简无帖，只有貌似孩童般稚拙的字形，内里却又有间架有结构，有笔画有浓淡；等细品时，又化作缥缈云烟。

我在书里找到一段话，兴许可以来解这种无形之美——老树掷笔多年，后来父亲罹患癌症，因为苦闷，他重拾画笔，"索性什么都不去管了，什么用笔用墨，什么造型要如何如何，都不再去细想，想怎样画就怎样画。这样画画让我感受到过去画画时没有过的那种放松自如，让我重新享受到画画的快乐，让我从一种焦虑当中出来了"，"我只是想借着画画让自己放松下来快活起来"。还是在说画，也能解释他的书法，其实诀窍就是：全身心松下来。

"松"之一诀，说起来无比容易，真做到彻底松，登天之难，因为要一直放弃，弃到无所弃。一般人在最后一根稻草也要放弃的时候，必会遭遇无比巨大的恐惧，有体会的人自会明白。老树一直醒着，又有力量，奋力一跃，弃掉了。再写再画，全是快活。

《在江湖》里，老树提到他小时候很崇敬本村一位画匠，专画忆苦思甜和大批判展览画的，画得真是好。说有一次看画匠在大队部会议室的大案子上挥毫泼墨，"能看出来，他一个人猫在这间大屋子里画得很享受，而且也不用到地里去干农活儿"。我读完《在江湖》，觉得老树和这位画匠一样，身处纷繁杂乱的现实社会，画画是他们无可奈何地用以冲抵乱世的工具。所谓"在江湖"，说起来挺豪迈，其实一把辛酸泪。

剩山，静候枯荣

"去年已久——关晶晶作品展"在南新仓艺术粮仓刚刚落幕，我喜欢那些被冠以"剩山"主题的油画，跑去看了两次。

几年前友人向我推荐关晶晶，从网上发来一些她油画作品的高清大图。画这种东西就是非常残酷，再好的图片或者印刷品，哪怕现在的电脑、手机屏幕分辨率已经如此之高，可是和你站在原作面前看，简直是天壤之别。所以当时看了那些画的图片，并没觉得好，过后都没留下什么印象。这次站在展出的几十幅原作面前，看得入心入肺，一些东西打动了我。

"剩山"这个题目耐琢磨。年初我去看鲁迅美术学院一个老先生赵大钧的画展，赵老师八十多岁了，是鲁美教父一样的人物，现在活跃的中青年画家当中，凡出自鲁美者，基本都是赵老师弟子。他从前的画纯写实，名作有《鲁西南战役》，重大题材，基本功非常扎实。某一年突然开始改画抽象。转变的那一系列有个总题目，叫"神山"。一个"神山"，一个"剩山"，取向不同，甚至完全相反，这是年纪相差半个世纪的两个中国油画家对"山"不同的感受，带来不同表达。曾经有评论家论述关晶晶作品中的时间问题，要我说，"神山"和"剩山"两个不同的表达里边，才真正有"时间"这么个东西耐人寻味，以及再往上追溯，古人也有过"残山剩水"的表达，这就是时间的轮回。

关晶晶作品表面极平淡，但看下来又感觉极热烈，埋着的内容非常丰富，绝不像表面那么淡。文学艺术评论中有个烂俗的词叫"张力"，就是这意思了。如果是热烈的底子又一张热脸，就顺拐了；一张淡定的脸，热烈的底子，让这些画突然变得壮烈。

前段时间重读顾随讲中国古典诗词，他说中国古代诗人大多沾佛沾道，但是至少有六个不在其列，陶渊明、杜甫、辛弃疾，等等。顾先生提出一个很有意思的论点，他说一沾佛道，作品可能会写得比较深入，但与此同时，可能因为追求透彻吧，就失去了"壮美"的可能性。你看辛弃疾、杜甫，都以壮美著称的。另外，沾佛道之后，很可能作品产量比较小。可是你看杜甫、辛弃疾，佛道不沾，就产量巨大。回过来说关晶晶，我个人认为她这种"淡面热底"，不时生出一些壮美的感觉。"淡面"

就是所谓的"剩",貌似所谓的禅意；可是画的又是山啊，山形成了壮美，它是"热底"。

我自己写书法，在关晶晶的油画里看到很多亲切的元素，一些线条的处理，看了就想起老师讲过的一些话。老师说弧线写起来不能太圆滑，一条弧线如果放大若干倍看，应该是很多细密的圆切线，这才说明笔、墨、纸的劲头互相咬合住了，字也才会实在。无独有偶，后来曾经和我很佩服的一位紫砂大师高振宇聊，我问他，用一句话来概括紫砂壶之妙，会是什么样的？振宇想了想说：圆似方，方似圆。我听了也当即想起书法老师说的这个话，突然就有榫卯相合之感。关晶晶画的是油画，但其中好多线条就是这样的圆切线，这样的方似圆、圆似方，咬合得恰如其分。关于这一点，看似一个技术问题，实际能看出艺术家的用心。

那就再说用心。仔细看关晶晶的画，发现画面中留有不少"气口"。抽象绘画常见两种情形，一种特别满，一种特别空。满，就容易画面非常封闭；空，就容易画面非常单薄，四面透风，没劲儿。所以就要在满和空之间找一个灵动的度。中国文化所谓的"气"，就是在说这个度，画面必须气息流畅，丰富乃至复杂多变之中，留有气息流动，留下气口。对艺术家而言，这未必是自觉的选择，但她的用心疏朗有致、自有气象，所以就自然而然地有了这些气口，它们灵动，又逻辑关系严密，非常诱人。

关晶晶不仅绘画，还写诗，"去年已久"展览一入口处，贴了她一首诗，有这样的句子：不再确认那些价值和词语／找回最小的我／在寂静的地方／掌一盏心灯／看一丛菊开成画中的样子／向植物学习扎根沃土／静候枯荣。在我看来，"静候枯荣"既是描述关晶晶作品的最形象的一个词，也是古往今来所谓"剩山"的实质所在。

一、二、三

从八十年代文化热开始，大家逐渐取得共识：人类创造了文化，文化又反过来制约着人类。

为了方便讨论文化，我们又将文化分为狭义和广义。广义的文化内涵至为浩渺，大有无所不包之势；狭义的文化一般指哲学、思想、文学、艺术，诸如此类。

从狭义层面论，如果说文化制约着人类，有没有什么东西制约着文化？文化从来没有一成不变的定义，原因在于，它一直在发展，始终在猜想和反驳中蹒跚前行，不断地破坏旧传统，树立新风气。那么，一整个发展过程中，有没有什么框架在制约着它？用时髦话讲，有没有什么魔咒？

以我个人观察，随着人类早期文化的发展，逐渐形成了一些框架，而后纵横交错叠加，越来越定型为一组复合型的、相对固化的框架，且越来越坚固。有没有可能透过层层迷雾，一窥这组框架为何？

简而化之，我将这一组复合型框架描述为"一、二、三"。

先说一。老子说，道生一，一生二，二生三，三生万物。有个"道"至高无上，这就是我所说的"一"了。它甚至比一还一，纯粹的一。从先秦百家争鸣到当今互联网一统天下，老子一直被众星捧月，原因是众多人心目当中，始终有个纯粹的"道"，有这个"一"，受这个"一"的框架制约。小到日常追求茶道、香道，追求"纯"文学、匠心；大到我们追求情怀，不忘初心……无不隐含着一个"一"的大框架，就是有那么个虽不能至、心向往之的"纯粹"。

"一"的框架从宗教角度看尤为突出，世界主流宗教中，有几个都是一神论，即有一个至高无上的神。大英百科全书对"一神论"的定义为：相信一位神的存在，或是相信神的唯一性。

再说二。离开二元论，简直难以认识世界，甚至难以说话交流，因此"二"无所不在。比如中国的文艺传统，从《诗经》开始的雅音／俗调之分，到逐渐形成的"言志派"与"载道派"

之分，一路以降又到婉约／豪放、殿堂／民间；直至今日的纯文学／通俗文学、工匠／艺术家；乃至具体到前几年诗歌创作中的知识分子派／口语派之争……几千年来，我们被一重又一重的"二"包裹，一代又一代地为之喋喋不休，吵了无数大小不一的架。时至今日，互联网凭借0和1这么一组"二"，彻头彻尾将我们笼罩了。我们在"二"的巨大框架下认识世界，阐释世界，传承文化。

说完一和二，有个独特案例要拿来反证上述总结的意义。佛教要脱离轮回，当然也包括超越所有框架，所以佛教讲"不二"，既不是一，也不是二，唯其如此，方可迈上解脱之道。要注意的是，这里所说"道"，是道路的道，不是"道生一"的道，否则又谬以千里了。

再说三。古今中外，"三"也无处不在，逻辑三段论可谓西方文化基石之一，中国的"三"就更多。人所共知的"见山是山，见水是水；见山不是山，见水不是水；见山还是山，见水还是水"。王国维的三重境界论："独上高楼，望尽天涯路；衣带渐宽终不悔，为伊消得人憔悴；众里寻他千百度，蓦然回首，那人却在灯火阑珊处"。丰子恺总结的人生三层楼：物质、精神、灵魂……还有更多。"三"之根深蒂固，影响深远，因为习以为常，所以一直忽视。

就在我写这篇文章的今天，恰逢乐圣贝多芬诞辰二百五十年纪念，周围不少人重提一个经典之论，是对贝多芬一生创作的三期说：一期内心世界和古典形式虽有紧张，但相处稳妥，充满青春期鲜明特征；二期修正了古典形式，并和内心世界拉扯得更紧，充满战斗精神；三期形式变得自由，和内心世界融为一体，充满沉思、放弃、感恩、包容……是不是一组熟悉得不能再熟悉的框架呢？我们早已习惯了类似的三段论，从谈论文学艺术，到谈论人生；从谈论一件陶瓷的创作，到谈论不以物喜，不以己悲。

一、二、三框架大致如上，所谓不识庐山真面目，只缘身在此山中；所谓当局者迷，傍观见审；人类被文化制约，文化本身的建设、发展，除旧布新，依我看也被上述一二三所制约。

这么自以为釜底抽薪式的总结，其实是我几十年来一贯反对的宏大叙事、奢谈文化，不过从今年开始，迫于世事变迁之迅猛，加之自身老之冉冉将至，想法又有改变。经常听到"碎片化"一说，这个时代大有只见树木不见森林之趋势。学科越来越细密，人文越来越琐碎，说起来，这也算是对八十年代开始的文化热的一种反动。风水轮流转，昨日之弊，可能又悄然成了今日之求，是不是又到了该放弃对树的精研，撤回身看看整片林的时候了呢？

你看，说到这里，还是在框架里，树和林，明晃晃二的框架。"二"确为一二三中最根本的框架，想超越，何其难哉。

附　录

《西棒槌》自序

这是《东榔头》的姊妹书。《东榔头》里的文章与过日子有关，《西棒槌》是讲阅读。分两部分，一、二辑是与阅读有关的泛泛而论；三、四辑是从具体一本书说起，讨论阅读写作等问题。

早已过世的哈佛大学教授布利斯·佩里说过，所有文学形式中，最灵活的莫过随笔，而有一个主题，人类对之有着持久的兴趣，随笔作家更是永远对之情有独钟，总能找到新东西可说，就是"书"与"读书"的主题。

真是如此。以我个人经验，阅读时最爱思考，所以往往享受一本好书之后，总觉有话想说，这就是这本小册子里文章的由来。

塞缪尔·约翰逊的《英文字典》里，把随笔定义为"头脑的一次放松突围；不规则的杂乱篇章；既不正规亦无条理的文章"。

又有作家扎布里斯基受塞缪尔·约翰逊"突围"定义启发，追加定义："随笔就是一些收集起来的笔记，指示了一个主题的某些方面，或暗示了关于它的某些想法……它不是一次正式的围攻，而是针对这一主题的一连串的袭击、尝试或努力。"他把随笔作家称作文学的短途旅行者，文学的垂钓者，是沉思者而不是思想者。扎布里斯基还说，德国人的思维不适合随笔，因为德国人不满足于仅仅突袭一个主题，不满足于仅仅到此一游，他们一定要从头到尾把一个主题研究透彻，离开的时候它应该是一片被彻底征服的领地。

我绝对无意用什么指示、暗示、沉思来美化这些文章，我更不是德国人，虽然我写这篇自序时，正在慕尼黑旅行，我的阅读东一榔头西一棒槌，杂乱无章，全凭兴趣，毫无线索可归纳。抄了这么多书当序言，只想见贤思齐，也来发动一次对于阅读的突袭——想想总可以吧。更实在的，是解释为何取了这样一个书名。

《坐久落花多》自序

这是我第六本文集，和前五本一样，选录文章都是首次结集。

最初想的书名是"无兼味"，取自杜甫诗，"盘飧市远无兼味，樽酒家贫只旧醅"。喜迎客至，满怀欣喜，同时又很羞愧，拿不出像样的饭菜，喝的也只有家酿粗酒。

这正是我编完这本小书，当时切身的体会，既为又有新书敬呈读者满怀欣喜，又为写来写去还是这点儿稀饭咸菜而羞愧。

编辑的那些天，枕边书是王维诗。某日读到"兴阑啼鸟换，坐久落花多"，觉得也是层好意思，不如书名随啼鸟一起换吧，坐久落花多。

最终挑出的这些文字，高攀不了什么魏紫姚黄，只是些杂花野草，但也都是有感而发，矜矜兢兢写成。一篇一篇慢慢写，窗外寒来暑往，时日长了，真个就像坐久落花多。

2014 年 5 月，西坝河

图书在版编目（CIP）数据

静寄东轩 / 杨葵著 . -- 北京：作家出版社，2022.3
（杨葵自选集·卷二）
ISBN 978-7-5212-1700-1

Ⅰ. ①静… Ⅱ. ①杨… Ⅲ. ①随笔—作品集—中国—当代 Ⅳ. ① I267.1

中国版本图书馆 CIP 数据核字（2021）第 265858 号

静寄东轩

作 者：杨 葵
责任编辑：钱 英 杨新月
装帧设计：范 薇 孙惟静
出版发行：作家出版社有限公司
社 址：北京农展馆南里 10 号 邮 编：100125
电话传真：86-10-65067186（发行中心及邮购部）
86-10-65004079（总编室）
E-mail:zuojia @ zuojia.net.cn
http://www.ZUOJIACHUBANSHE.com
印 刷：北京盛通印刷股份有限公司
成品尺寸：130 × 203
字 数：227 千
印 张：11.125
版 次：2022 年 3 月第 1 版
印 次：2022 年 3 月第 1 次印刷
ISBN 978-7-5212-1700-1
定 价：49.00 元